Que[sto libro]
appa[rtiene a]

...... VANESSA ....

.... MONTESI ....

incolla qui
la tua foto

Ciao, io sono Valentina!

Benvenuti nel mondo di Valentina!

Ciao, io sono Valentina! Ho dieci anni e frequento la quinta elementare. Molti di voi mi conoscono già... ma quello che ancora non sapete, lo scoprirete in questi libri che narrano le mie avventure. Vi racconterò la mia vita di tutti i giorni e vi farò conoscere la mia famiglia, la mia classe, i miei amici e

Valentina

Mamma

Papà

il mio maestro. Le mie avventure spesso sono curiose e sorprendenti. Ma a me una vita monotona e sempre uguale non è mai piaciuta. E credo che non piaccia neanche a voi, no? Se è così, siamo in buona compagnia. Buona lettura, amici e amiche!

Luca

Tazio

Alice

Ottilia

Maestro

Angelo Petrosino

Un mistero per Valentina

Illustrazioni di Sara Not

PIEMME
Junior

I Edizione 2001

© 2001 - EDIZIONI PIEMME Spa
15033 Casale Monferrato (AL) - Via del Carmine, 5
Tel. 0142/3361 - Telefax 0142/74223
http://www.edizpiemme.it

È assolutamente vietata la riproduzione totale o parziale di questo libro, così come l'inserimento in circuiti informatici, la trasmissione sotto qualsiasi forma e con qualunque mezzo elettronico, meccanico, attraverso fotocopie, registrazione o altri metodi, senza il permesso scritto dei titolari del copyright.

Stampa: G. Canale & C. SpA - Borgaro Torinese (TO)

*Ai miei alunni di ieri e di oggi,
dal "maestro che racconta storie"*

LETTERE ANONIME
E TERRORISTI

Una volta scrissi due lettere anonime al maestro. Non per minacciarlo, ma per metterlo in guardia. Dato che si faceva troppe coccole con la maestra Giulietta, gli scrissi che doveva controllarsi. Se fosse scoppiato uno scandalo, lo avrebbero cacciato dalla scuola. E io non volevo che succedesse, perché lui come maestro mi piace molto.

Mi emozionai a scrivere quelle lettere, e provai anche un po' di paura. Mi ricordo che le scrissi a macchina, perché il maestro non riconoscesse la mia calligrafia. Ma decisi che non lo avrei fatto mai più. Le cose, alla gente, mi piace dirgliele in faccia.

Perché vi sto parlando di lettere anonime? Perché ieri ne ho trovata una nella cassetta della posta. Naturalmente non c'erano né il nome né l'indirizzo del mittente. C'erano solo il nome e il cognome di mio padre sulla parte anteriore della busta.

– Chi gli avrà scritto? E chi l'avrà spedita? – ho chiesto a mia madre consegnandole la busta.

– Non l'hanno spedita, Valentina. L'hanno messa direttamente nella buca. Non vedi che non c'è il francobollo?

Mio padre ha rigirato la busta tra le mani, poi l'ha aperta con precauzione, infine ha tirato fuori un foglietto scritto al computer e ha cominciato a leggere.

Le fa comodo, vero?, nascondersi dietro la facciata dell'impiegato modello. Ma presto non potrà più ingannare nessuno. Io conosco bene il suo passato. Lei è un terrorista che ha seminato morte e distruzione. Mi mancano solo le ultime prove e poi potrò incastrarla. Pagherà, oh, se pagherà! E non cerchi di fuggire. Io la troverò ovunque vada e so tutto di lei. Conosco persino il colore delle sue cravatte e la misura delle sue giacche.

A presto, terrorista.

Mio padre ha riletto la lettera, l'ha annusata e ci ha chiesto: – Cosa ne pensate?

Mia madre si è messa a tremare e io le ho stretto un braccio dicendole: – È tutto uno scherzo, stai tranquilla.

Poi ho chiesto a mio padre: – Chi è un terrorista?

– Uno che uccide la gente perché è pazzo o perché è fanatico.

– Allora tu non puoi essere stato un terrorista, papà.

– Lo credo bene. E mi chiedo come mai questo cretino...

– Dice che conosce il colore delle tue cravatte e la misura delle tue giacche. Vuol dire che ti spia da vicino, papà.

– Tieni, Maria, brucia questa lettera – ha

detto mio padre passando la lettera a mia madre.

– No, ferma, la conservo io! – ho detto precipitosamente. – Se ne arrivano altre, possiamo confrontarle. E magari consegnarle alla polizia. Se ci trovano delle impronte digitali, finisce che lo arrestano a colpo sicuro.

Mio padre mi ha guardata con ammirazione e mi ha chiesto: – Dove hai imparato a ragionare in questo modo?

– Negli ultimi mesi ho letto una decina di gialli – gli ho risposto. – E di solito le cose vanno così.

– Va bene, tieni la lettera e fanne quello che ti pare.

Io ho afferrato la lettera per un lembo, l'ho ripiegata e sono andata a metterla in un cassetto della mia scrivania.

Se devo essere sincera, ero un po' spaventata. Ero certa che si trattava del gesto di un esaltato. Ma un esaltato, di solito, è molto pericoloso e non va mai sottovalutato.

UN PAIO DI LENTI
E UNA BARBETTA

Mio padre ha ricevuto altre due lettere anonime.

– Forse è ora di rivolgersi alla polizia – ha detto mia madre.

Ma mio padre non è d'accordo.

– Prima o poi si stancherà di scrivere, chiunque sia – mi dice.

Io ho portato nella mia camera l'ultima lettera arrivata, e l'ho letta con attenzione.

So tutto di te e della tua famiglia. Non ci credi? Vuoi che ti descriva la stanza dei tuoi figli, gli scaffali con i loro libri, la cesta dei loro giocattoli?

Queste frasi mi hanno dato molto da pensare. Erano troppo precise. Sembrava che quell'uomo fosse stato a casa nostra e l'avesse esaminata per bene.

– Da quanto tempo abitiamo in questa casa? – ho chiesto a mio padre.

– Da sempre, si può dire.

– Dunque può darsi che l'autore di queste lettere sia un tuo amico che in passato è venuto a trovarti.

– Non credo, Valentina. I miei amici sono rimasti miei amici.

– E allora come fa...

Mentre rileggevo per la quinta volta la lettera, mi sono avvicinata alla finestra. Era quasi buio ma non volevo ancora accendere la luce. Stavo per tirare giù la tapparella quando, per caso, ho guardato oltre la strada. Lo sguardo mi è caduto su un luccichio che veniva dalla finestra di fronte alla nostra. E insieme al luccichio ho notato due lenti e una barbetta. Le lenti erano quelle di un binocolo e la barbetta, ovviamente, quella di un uomo.

Allora ho capito tutto. Ho appallottolato la lettera e l'ho gettata nel cestino.

Poi sono andata a sedermi dietro la mia

Lo sguardo mi è caduto su un luccichio...

scrivania, ho staccato un foglio dal mio taccuino e ho scritto.

Si vergogni. Non ha di meglio da fare che mettersi a spiare gli altri? Ma se questo diverte lei, non diverte noi. E non provi a scrivere un'altra lettera "anonima" a mio padre, o la denunciamo subito. Se proprio si annoia, si cerchi un altro passatempo e lasci in pace la mia famiglia. È lei il terrorista.

Ho chiuso la lettera in una busta e ho deciso che sarei andata a infilarla direttamente sotto la porta del tipo che ci spiava. Non poteva che essere lui. Sul piano di fronte al nostro c'era un unico appartamento abitato, lo sapevo. E l'uomo dalla barbetta brizzolata lo avevo visto un paio di volte mentre usciva dal palazzo con il cappello calcato sugli occhi.

Chissà da quanto tempo ficcava il naso nella mia camera. E io non me n'ero mai accorta! E doveva aver spiato anche mio padre quando usciva di casa.

A tavola ero molto più tranquilla. E quando mia madre ha chiesto: – Quante lettere dovremo ancora aspettarci? – le ho risposto: – Secondo me, quella di oggi è stata l'ultima.

– Cosa te lo fa credere, Valentina?

– Fidati del mio intuito, mamma. Ah, vorrei che mettessi delle tendine più spesse alla finestra della mia camera. Il sole comincia a battere più a lungo.

MISSIONE COMPIUTA

Ai miei non ho detto niente a proposito della mia intuizione. Anzi, della mia certezza.

E così oggi, quando sono uscita da scuola, ho chiesto a Tazio se aveva voglia di venire con me.

– Dove andiamo?

– A imbucare una lettera anonima. Anzi, a infilarla sotto una porta.

– Stai scherzando?

– Per niente. Sai cosa ci è successo nelle ultime settimane?

E gli ho raccontato tutta la storia.

– Sei sicura che sia stato quest'uomo a scrivere le lettere?

– Può essere stato solo lui. L'ho scoperto a spiare col binocolo nella mia camera e soltanto uno che abita di fronte può osservare i movimenti di papà, le camicie che indossa, gli scaffali con i miei libri, la cesta dei giocattoli eccetera eccetera.

– Perché non ne hai parlato con i tuoi?

– Perché spero che la cosa finisca senza litigare. Anche se questo tipo si meriterebbe una strigliata e forse qualcosa di più. E poi perché, be', non sono sicura al cento per cento che si tratti proprio di lui.

– E allora?

– E allora devo rischiare.

Il portone era aperto, e siamo entrati senza incontrare nessuno.

– Potrei mettere la lettera nella buca. Ma non voglio correre il rischio di sbagliare – ho detto. – Su, saliamo al quarto piano.

Arrivati sul pianerottolo, solo uno dei due appartamenti aveva la targhetta accanto alla porta. Perciò non era possibile sbagliarsi.

– Abita qui – ho mormorato a Tazio.

Ho tirato la lettera fuori dallo zaino, e ho cercato di infilarla sotto la porta. Ma non ci sono riuscita.

– Non passa – ho bisbigliato a Tazio.

– Da' qua, ci provo io.

Ma prima che Tazio provasse a infilare la lettera, abbiamo sentito dei passi dietro la porta.

Allora abbiamo lasciato la lettera sullo stoino e siamo fuggiti a precipizio per le scale. Al secondo piano ci siamo fermati, e io ho sentito distintamente la porta che si apriva e si richiudeva al quarto piano.

– Deve averla presa – ha detto Tazio.

Siamo usciti dal portone e ci siamo allontanati camminando rasente al muro.

– Spero di avere intuito giusto – ho detto a Tazio prima di salutarlo. – Grazie per avermi accompagnata. Vuoi salire un momento? Possiamo fare merenda insieme.

In casa non c'era nessuno e ho chiesto a Tazio: – Vuoi vedere qual è la finestra dalla quale ci spia?

L'ho guidato nella mia camera, ma quando ho scostato le tendine, la finestra del nostro dirimpettaio aveva la tapparella abbassata e dava l'idea di un appartamento disabitato.

– Adesso ne sono certa – ho detto. – È lui. Quella finestra non ha mai avuto le tapparelle abbassate, che io mi ricordi. Hai avuto paura?

– No.

– Pensi che se ci avesse scoperti ci avrebbe picchiati?

– E chi lo sa? Io non lo conosco.

– Nemmeno io. Ma spero che la smetta. Se penso che mi spiava anche quando mi mettevo le dita nel naso!

E sono scoppiata a ridere. Avevo proprio bisogno di farmi una bella risata. Quella faccenda mi aveva scombussolato abbastanza e volevo chiuderla lì una volta per tutte.

FUGA ALL'ALBA

E probabilmente si è davvero chiusa per sempre.

Stamattina, quando mi sono svegliata, sono andata ad affacciarmi alla finestra. Erano da poco passate le sei, ed ero certa che in strada non ci fosse ancora nessuno.

Guardando giù, però, ho avuto un tuffo al cuore. Proprio in quel momento, l'uomo con la barbetta stava camminando sul marciapiede con una valigia in mano.

Io non ho fatto in tempo a ritirarmi, e i nostri sguardi si sono incrociati. Per una frazione di secondo ho letto nei suoi occhi la sorpresa, la meraviglia, la paura.

Quando, un minuto dopo, mi sono riaffacciata alla finestra, sul marciapiede di fronte non c'era più nessuno.

Dunque era partito, forse era scappato, chissà. Non sapevo se sentirmi più tranquilla o più spaventata.

A scuola ho riferito a Tazio ciò che avevo visto.

– Deve aver capito che sono stata io a recapitargli la lettera. E chissà che non me la faccia pagare in qualche modo.

– E come?

– Potrebbe aggredirmi per strada quando sono sola.

– Secondo me se ne starà lontano per un bel po'.

– Pensi che sia fuggito per la vergogna?

– Se è davvero lui l'autore delle lettere anonime, è probabile di sì.

– Mi chiedo dove sarà andato.

– Forse avrà un'altra casa.

– O forse sarà andato a vivere in albergo. Deve avere molti soldi, perché le poche volte in cui l'ho visto, era sempre vestito elegante. E credo che non lavori.

– Dai, non pensarci più. Forse non si farà più vivo da queste parti.

– Che razza di storia. A questo punto credo che mi convenga dire tutto ai miei.

Mia madre è rimasta allibita e mio padre ha scosso la testa. Tutti e due mi hanno chiesto: – Perché non ce ne hai parlato subito?

– Perché non ero certa che fosse lui. Adesso, invece, ne sono più che sicura.

– Valentina, non prendere più iniziative del genere, e non metterti a fare la detective o la poliziotta.

– D'accordo, la prossima volta mi consulterò con voi.

– Spero proprio che non ci sia una prossima volta – ha detto mia madre.

Mio fratello era molto incuriosito dalla faccenda.

– Davvero ci spiava? – mi ha chiesto.

– Credo proprio di sì.

– Allora mi ha visto anche quando mi cambiavo la canottiera e le mutande.

– Può darsi.

– Che sporcaccione! Come si chiamava?

– Vicino alla porta del suo alloggio c'era scritto solo il cognome. Era scritto a mano e sembrava giapponese o arabo. Una cosa del genere, insomma.

– Ed era lui che scriveva le lettere anonime a papà?

– È molto probabile.

– E se nei prossimi giorni ne arriverà un'altra?

– Allora vuol dire che non ho capito proprio niente.

DOLORES ACCETTA
UN ALTRO LAVORO

Oggi sono andata a trovare Dolores, la signora peruviana che abita nel nostro palazzo, e che mi saluta sempre quando la incontro per le scale o al supermercato.

– Ciao, Dolores. Posso entrare?

– Ma certo, Valentina.

Dolores mi ha fatta accomodare in una piccola cucina e ha cominciato a preparare il tè.

Io mi sono guardata intorno, e le ho chiesto: – Vivi sola?

– Sì, ma spero non per molto. Appena ho un lavoro sicuro, faccio venire la mia bambina, e forse mia madre.

– Come si chiama tua figlia?

– Si chiama Mercedes e ha dieci anni.

– Che lavoro fai, Dolores?

– Lavoro un po' come donna di fatica nel supermercato, un po' come donna delle pulizie a casa di una signora che però abita lontano dalla nostra zona.

– E pensi di avere del tempo per fare qualcos'altro?

– Credo di sì. Perché me lo chiedi?

Allora le ho parlato del professore che si è rotto una gamba e che ha bisogno di qualcuno che si occupi di lui e della casa.

– È un brav'uomo – le ho detto. – Che ne dici?

– Credo che potrei farlo, Valentina.

– Sono sicura che ti troverai bene, Dolores.

– Quando si lavora col cuore, le cose diventano più facili.

– Mi piacerebbe conoscere tua figlia. Non hai una sua foto?

– Vado a prendertela.

Dolores è andata nel piccolo soggiorno ed è tornata con una scatola da scarpe nella quale c'erano medaglie, ciondoli e foto.

– Ecco, questa è la mia Mercedes – mi ha detto mostrandomi la foto di una bambina dal volto bruno e paffuto.

– È carina – ho detto.

– È il mio fiore – ha sospirato Dolores. – E mi manca tanto.

Ho finito di bere il tè, ho dato un'occhiata all'orologio e ho deciso di tornare a casa per telefonare al maestro e informarlo che la mia missione aveva avuto successo.

Quando l'ho chiamato, e gli ho riferito della mia conversazione con Dolores, mi ha detto: – Grazie, Valentina. Mi metterò subito in contatto con questa donna.

DOMANDE AL PROFESSORE

Oggi pomeriggio, Ottilia e io siamo andate a casa del professore insieme al maestro.

Ha un appartamento piccolo, ma nel soggiorno ci sono tre librerie.

– Quanti libri! – ho esclamato. – Li ha letti tutti?

Il professore, seduto su una sedia a rotelle, ha sorriso e mi ha risposto: – Quasi tutti.

Io sono andata a leggere alcuni titoli, e mi sono accorta che non ne conoscevo nemmeno uno.

– Non sono libri per bambini – ha detto il professore.

Una mezz'ora dopo il maestro ha detto che doveva andare. Io, invece, ho deciso di restare ancora un poco. Il professore è uno che chiacchiera molto, e volevo fargli delle domande sul maestro.

– Com'era il maestro quando veniva a scuola da lei? – ho cominciato.

– Era un ragazzo molto curioso e aveva una gran voglia di imparare. Perciò gli regalavo molti dei miei libri. Sapevo che finivano in buone mani.

– Non disturbava mai a scuola?
– No. Aveva di meglio da fare.

Poi ho cambiato argomento e ho chiesto al professore: – Lo sa che da domani verrà da lei una donna che si chiama Dolores?

– Lo so.

– Il maestro dice che cucinerà e terrà in ordine la casa.

– Mi assisterà proprio come un bambino, insomma.

Io ho dato un'occhiata ai libri in fila su uno scaffale, ho notato che erano coperti di polvere e ho chiesto al professore: – Ha uno straccio per spolverare?

– Ce n'è uno in cucina.

– Vado a prenderlo.

Ottilia mi ha seguita e mi ha chiesto: – Cosa vuoi fare?

– Togliere un po' di polvere dai libri. Tu, invece, potresti raccogliere le briciole che ci sono per terra nel soggiorno.

– Ma no, lasciate stare – ci ha detto il professore. – Ci pensa domani la donna.

Noi però non lo abbiamo ascoltato e per

mezz'ora ci siamo dedicate a un'accurata pulizia del soggiorno.

– Chi l'aiuta a mettersi a letto? – ho chiesto al professore quando ho finito.

– Il tuo maestro. Ma da domani lo farà Dolores. Credo che sia una donna robusta.

– Altroché! Potrebbe sollevare un quintale – ho detto ridendo. – E lei è così magro, che Dolores la metterà a letto come se fosse un neonato. Oh, mi scusi, non volevo dire così.

Il professore però non si è offeso. Anzi, ha detto: – Brava, Valentina. La verità non si nasconde. Adesso però è meglio che andiate. Non vorrei che a casa vostra cominciassero a preoccuparsi. Ma prima lasciate che vi regali qualcosa.

Il professore ha fatto ruotare la carrozzella fino a una delle librerie e mi ha chiesto: – A te cosa piace leggere, Valentina?

– Mi piacciono sia i romanzi, sia i racconti.

– Allora tieni questi.

E mi ha regalato i racconti di Čechov.

E a Ottilia ha chiesto: – Tu cosa ami leggere?

– Mi piacciono molto le poesie – ha risposto Ottilia, sorprendendomi.

Il professore ha allungato una mano e ha afferrato un libro molto spesso.

– È *L'antologia di Spoon River* – ha detto porgendolo a Ottilia. – Grazie a tutte e due. Siete state molto gentili a farmi compagnia.

Il professore ci ha offerto una mano, ma io, oltre a stringergliela, l'ho anche baciato su una guancia ispida di barba e gli ho detto: – Buona notte, professore.

È TORNATO JACK!

Oggi pomeriggio, mentre mi gingillavo davanti al computer, ho pensato che mi piacerebbe ricevere regolarmente delle lettere nella mia posta elettronica. Invece me ne spedisce solo ogni tanto mio padre dal suo ufficio. Ma le sue sono comunicazioni brevissime e sono come una specie di gioco.

Ho molta nostalgia delle lettere di Jack. Ormai sono settimane che non si fa sentire. Chissà se è ancora a New York, dov'è andato con suo padre, per farsi operare al viso che si è bruciato col fuoco. Nell'ultima lettera mi disse che si sarebbe rifatto vivo. Ma forse non si ricorda nemmeno più di me.

Con questi pensieri, ho cliccato sul pulsante della posta elettronica. Sapevo che la ricerca di lettere sarebbe stata inutile, e mi sono preparata a spegnere il computer.

Ma un minuto dopo aver avviato Internet, nella barra inferiore dello schermo ho visto comparire il simbolo della posta in arrivo e le parole "ricezione di posta in corso".

Allora il cuore mi è balzato in gola e ho visto che mi aveva scritto Jack.

Ho aperto subito il suo messaggio, e l'ho letto tutto d'un fiato.

Cara Valentina,
sono tornato a casa! I trapianti di pelle hanno avuto successo e il mio viso è di nuovo quello di prima. Non riesco ancora a crederci. Mi sembra di essere rinato, ed è come se avessi rivisto la luce dopo aver attraversato un lungo tunnel.

Non ero quasi più abituato a stare tra la gente. Mentre ora sto fuori dalla mattina alla sera e non mi sazio di guardare gli altri e di essere guardato da loro.

Ti ho pensato molto mentre ero in ospedale. Prima che partissi, mi sei stata molto vicina. Le tue lettere erano una boccata di ossigeno, perché arrivavano da un mondo del quale avevo nostalgia e rimpianto.

Ho proprio voglia di conoscerti di persona, sai? Anche mio padre vorrebbe incontrarti. Penso che a questo punto, se sei d'accordo, possiamo scambiarci i nostri indirizzi di casa. Tu dove abiti? Io abito ad Aosta.

Adesso capisci perché, in una delle mie lettere, ti ho parlato delle "mie" montagne. Quando esco sul balcone della mia camera, mi circondano da ogni parte. E sono così rassicuranti!

Tu come stai? Sei poi andata in Cornovaglia? Io avrei tante cose da raccontarti di New York.

Spero che tu mi risponda presto.
Jack

Naturalmente gli ho risposto subito.

Caro Jack,
sono stata felice di ricevere la tua lettera e felicissima di sapere che gli interventi al viso sono andati bene.

Anche a me piacerebbe incontrarti di persona. E la cosa sarà più facile di quanto immagini. Io, infatti, abito a Torino. Siamo quasi vicini di casa, insomma!

Potrei venire io ad Aosta, oppure potresti venire tu da me. Ti mando anch'io il mio indirizzo, così magari possiamo scriverci anche attraverso la posta normale.

Devo dirti che a volte la preferisco. Infatti, sulla lettera che spedisci col francobollo, devi scrivere a mano. Sul computer, invece, non c'è traccia di calligrafia, né degli odori che restano sulla carta dopo che l'hai tenuta in mano e posata sulla scrivania.

Ti sembro una ragazzina all'antica? Non è così. È che sullo schermo è come se fosse tutto finto. E a me piace vedere le persone in carne e ossa e sfiorare le cose che hanno toccato.

Ad ogni modo, se non ci fosse stato il computer, noi due non ci saremmo mai conosciuti. Perciò viva il computer, Internet e la posta elettronica!

Sì, sono andata in Cornovaglia ed è stata un'esperienza bellissima. Se avremo occasione di incontrarci, te la racconterò a voce.

Bentornato, Jack!
Valentina

A ZURIGO! A ZURIGO!

Stamattina il maestro ci ha chiesto: – Vi dice niente il nome Zurigo?

– È una città della Svizzera – ha risposto Tazio.

– Esatto. E vi piacerebbe conoscerla?

– Vuoi dire che hai una videocassetta da farci vedere? – gli ho chiesto.

– Vuol dire che vorrei portarvi in gita da quelle parti, Valentina.

– Cosa?!

– Ascoltatemi attentamente. A Zurigo conosco un signore. È un mio amico e lavora in quella città come direttore di alcune scuole frequentate da bambini italiani. Sono bambini nati per lo più in Svizzera, ma parlano l'italiano perché almeno uno dei loro genitori è italiano.

– E questo cosa c'entra con noi? – ha chiesto Rinaldo.

– Io e Vittorio, così si chiama il direttore, abbiamo pensato che potrebbe essere interessante farvi corrispondere con dei bambini per i quali l'italiano è come una seconda lingua. Intanto andiamo a conoscerli. Pensavo che potremmo passare a Zurigo almeno quattro giorni, così avremmo occasione di guardarci intorno e di farci una piccola vacanza. È l'ultimo anno che stiamo insieme e potrebbe essere il modo giusto per concluderlo. Che ne pensate?

– A Zurigo! A Zurigo! – si sono messi a gridare i miei compagni.

– Finalmente una vera gita insieme! – ha detto Ottilia. – Oh, naturalmente noi dormiremo nella stessa camera.

– Chi ci ospiterà? – ho chiesto al maestro.

– Andremo in albergo. Ci penserà Vittorio a organizzare tutto.

– E quando partiamo?

– Presto, tra una decina di giorni. Ne parlerò con i vostri genitori già domani sera.

Mio padre è stato subito d'accordo.

– Ho un bel ricordo di Zurigo – mi ha detto.

– Vuoi dire che conosci questa città?

– Sì, ci sono stato con i miei da ragazzo.

– E cosa ti ha colpito più di tutto?

– Il fiume che attraversa la città: il Limmat.

– Non è giusto, non è giusto! – ha detto mio fratello. – Prima è andata in Cornovaglia, adesso va in Svizzera. Io, invece, non vado da nessuna parte.

Mia madre lo ha abbracciato e gli ha detto: – Luca, ti prometto che questa estate, oltre ad andare al mare, andrai anche tu all'estero.

– Ah, sì? E dove?

– Mah, potremmo andare in Corsica, per esempio.

– E dove si trova?

– Cercala sulla cartina geografica.

Luca è andato a prendere un atlante, lo ha sfogliato, e dopo aver trovato la Corsica, ha detto a mia madre: – Mi hai imbrogliato. La Corsica è in Italia.

– Ti sbagli – ha detto lei. – La Corsica non è italiana. E poi ci andremo in nave. Sarà un'esperienza bellissima, vedrai.

Quando sono andata a letto, ho pensato: «E siamo a due. Quale sarà la terza nazione che visiterò?».

Ma ho anche pensato ai bambini italiani i cui genitori erano emigrati in Svizzera. Come mi sentirei se i miei fossero obbligati a lasciare l'Italia e ad andare a vivere in un'altra nazione? Come si sente Dolores che ha lasciato il Perù ed è venuta a vivere in Italia? E come si sentirà sua figlia Mercedes, quando verrà a raggiungerla?

Prima che mi addormentassi, è squillato il telefono. Era Ottilia e mi ha detto:
– Valentina, ho scoperto che Zurigo è una delle città più ricche del mondo. Pare che ci siano tantissime banche e che abbiano oro a palate. Non si vergognano? Be', comunque sarà una bella esperienza. Cosa hanno detto i tuoi?

– Sono d'accordo.

– Anche i miei. E mi sembra un miracolo. Buona notte, Vi.

– Buona notte, O.

UN CALCIO A UNA PIETRA E... UN PORTAFOGLIO

E a proposito di soldi, sentite cosa è capitato a me e a Ottilia stamattina.

– Andiamo ai giardini? – mi ha chiesto Ottilia verso le dieci.

Oggi era sabato, non si va a scuola, e non mi andava di mettermi davanti al computer.

– D'accordo – le ho risposto. – Ci vediamo tra un quarto d'ora all'ingresso principale.

Ai giardini c'era poca gente. Ottilia mi ha presa sottobraccio e mi ha detto: – Meno male che sei venuta. Stamattina sono troppo malinconica.

– Come mai?

– Purtroppo non lo so. È questo il guaio. A te non capita mai di sentirti giù e di non sapere perché?

– Qualche volta.

– A me succede spesso.

Ottilia ha dato un calcio a una pietra e ha esclamato: – Ahi!

La pietra è rimbalzata sulla ghiaia ed è andata a fermarsi vicino a un oggetto marrone che spuntava da dietro un cespuglio.

– E quello cos'è? – ha detto Ottilia.

– È un portafoglio! – ho esclamato piegandomi a raccoglierlo.

Lo abbiamo aperto, e abbiamo visto che conteneva una decina di banconote da cinquantamila lire, una carta di identità e la fotografia di un ragazzo.

– Che facciamo? – mi ha chiesto Ottilia.

– Dato che contiene la carta di identità del proprietario, cerchiamo il numero di telefono sull'elenco e glielo consegniamo direttamente.

– Forse è meglio se lo consegniamo ai carabinieri. La caserma è a due passi, in corso Vercelli.

– Allora andiamoci subito e non parliamone più.

– Quanti soldi! Saranno almeno mezzo milione.

L'uomo della foto sulla carta di identità era piuttosto anziano e aveva i capelli bianchi. Il ragazzino, invece, non doveva avere più di dodici anni.

– Mi chiedo come si faccia a perdere un portafoglio – ha detto Ottilia.

– Io invece mi chiedo come si faccia a trovarlo. Se non avessi dato un calcio alla pietra...

– Lo avrebbe trovato qualcun altro. E scommetto che non l'avrebbe portato ai carabinieri come stiamo facendo noi. Che ne dici, ci teniamo cinquantamila lire?

– Non dire stupidaggini. Chi lo ha perso

– *Quanti soldi!*

sa quanto denaro c'è nel portafoglio. Su, facciamo in fretta perché voglio aiutare mia madre a preparare le lasagne.

IN CASERMA. QUANTE COMPLICAZIONI!

Una volta entrati in caserma, però, se la sono presi comoda.

– Aspettate lì – ci ha detto un carabiniere.

– Guardi che abbiamo molta fretta – ho detto io. – Dobbiamo solo consegnare questo portafoglio e andare via. Anzi, perché non lo prende lei?

– Scherzate? Bisogna fare una regolare denuncia e ci va un po' di tempo.

– Se le dico che abbiamo fretta!

– Buone, buone. Adesso vi faccio parlare col maresciallo.

Ma prima di entrare nell'ufficio del maresciallo, è passata quasi mezz'ora.

– Sarebbe stato meglio telefonare al padrone del portafoglio – ho detto a Ottilia.

Ottilia era seccata anche lei di fare anticamera. E quando il maresciallo si è affacciato dal suo ufficio e ci ha detto: – Prego, entrate – abbiamo sospirato di sollievo e ci siamo alzate dalle sedie sulle quali stavamo bollendo.

Io ho posato il portafoglio sulla scrivania del maresciallo e ho detto: – Tenga, abbiamo trovato questo. Dentro ci sono cinquecentomila lire, una carta di identità e una foto. Cercate chi l'ha perso e restituiteglielo. Noi dobbiamo andare via.

– Un momento, un momento. Sedetevi e facciamo con calma.

– Mia madre mi aspetta per le undici e trenta e sono già le undici e venticinque – ho detto.

– Adesso le telefoniamo e le diciamo che sei qui.

– Per carità, non fatelo! Per lei i carabinieri significano pericoli e guai.

– Capisco. Dunque avete trovato questo portafoglio. E avete guardato dentro.

– Sì, per curiosità – ha detto Ottilia.

– È naturale – ha ammesso il maresciallo. – E adesso raccontatemi esattamente dove e quando lo avete trovato. Io, intanto, stendo il verbale.

Si è avvicinato a un tavolino sul quale c'era una vecchia macchina da scrivere e ha cominciato a battere parola per parola il racconto che io gli ho fatto.

– Bene – ha detto quando ho finito. – Adesso ditemi qualcosa di voi.

– Di noi? Perché? – gli ho chiesto.

– Come mai eravate ai giardini?

– Ci andiamo a giocare, a passeggiare, a fare delle corse in bici. Non è una novità. Sono proprio sotto casa – ha risposto Ottilia.

– E ci andate sempre insieme?

– Quasi sempre. Valentina e io siamo amiche.

Io ho detto: – Scusi, ma perché ci fa tutte queste domande? Non le basta che le abbiamo portato il portafoglio? Siamo state oneste, no?

– Certo, certo. E questo vi fa davvero onore. Quanto avete detto che c'è nel portafoglio?

– Cinquecentomila lire.

– Ne siete sicure?

– Cosa vuol dire?

– Be', sapete, uno trova tanto denaro, magari non ne ha mai visto così tanto... In fondo siete due ragazzine, avete delle necessità, un po' di soldi vi farebbero comodo. E allora...

– E allora cosa? – gli ho chiesto io diventando rossa. – Non vorrà insinuare che abbiamo preso dei soldi! Può rovistare nelle nostre tasche. Non troverà una lira. E siamo venute direttamente qui senza passare da casa.

– Io, veramente, ho duemila lire – ha detto Ottilia, quasi sentendosi in colpa. – Però sono mie e mi servono per comprare una matita e una gomma.

– Va bene, va bene, vi credo – ha detto il maresciallo lisciandosi i baffi.

E ha aggiunto: – Ditemi il vostro nome e cognome, l'indirizzo di casa, il numero di telefono e poi potete andare.

– Perché vuole sapere tutte queste cose? – gli ho chiesto.

– Lo prevede la legge.

Per un momento ho pensato di dargli un nome falso e l'indirizzo sbagliato. Mi sembravano così superflue tutte quelle complicazioni!

Alla fine non ho nascosto nulla e gli ho detto tutto ciò che voleva sapere.

– Grazie, potete andare. E conservatevi oneste, ne vale la pena – ci ha detto il maresciallo alzandosi da dietro la scrivania.

– Non c'è bisogno che ce lo ricordi – ho detto. – Io sono sempre stata onesta. E anche la mia amica.

– A presto.

A presto? A mai più! Avevo perso tanto di quel tempo in chiacchiere inutili! Appena uscita in strada, ho adocchiato una cabina telefonica, ho inserito la carta e ho chiamato mia madre.

– Mamma, sto arrivando.

– Valentina, cominciavo a preoccuparmi. Dove sei?

– A un quarto d'ora da casa. Quando vengo, ti spiego.

UNA TELEFONATA

– Dici che ho fatto bene? – ho chiesto a mio padre dopo pranzo.

– Naturalmente.

– Però sarebbe stato tutto più facile se avessimo telefonato noi a quel signore. Sembrava che avessimo commesso un delitto. E il maresciallo ci guardava come se io e Ottilia stessimo dicendo un mucchio di bugie.

– Anch'io credo che quella diffidenza se la sarebbe potuta risparmiare. In fondo siete due bambine. Ma credo che quando si ha a che fare con ladri, scippatori e assassini, si finisce col non guardare più le cose in modo normale.

– E non vi ha regalato nemmeno un gelato? – mi ha chiesto Luca.

– Non erano mica suoi i soldi. Semmai dovrebbe farci un regalino l'uomo che ha perso il portafoglio. Ma non credo che sentiremo mai parlare di lui.

Invece mi sbagliavo.

Verso le quattro ci è arrivata una telefonata. L'ho presa io e ho detto: – Pronto?

– Buongiorno. Parlo con Valentina?

– Sì, sono io. Lei chi è?

– Sono il padrone del portafoglio che avete trovato tu e la tua amica.

– Ah.

– Volevo ringraziarvi.

– Non c'è di che.

– Sai, quei soldi erano molto importanti per me. Io sono un pensionato, e se li avessi persi, non avrei saputo come arrivare alla fine del mese.

– È stato fortunato.

– Puoi dirlo. Se il portafoglio fosse finito in altre mani, credo che non avrei più rivisto i miei soldi e la foto di mio nipote.

– È suo nipote quel ragazzo?

– Sì. Ascolta, Valentina. Mi piacerebbe venire a casa tua e parlare con tuo padre. Posso?

– Glielo chiedo. Aspetti.

Mio padre mi ha detto: – Mi sembra inutile. Comunque digli che venga pure. Purché sia qui prima delle cinque, perché poi dobbiamo andare a fare la spesa.

L'uomo ha detto che sarebbe venuto subito e ha riattaccato.

IL NIPOTE
DI ORESTE

Ha bussato alla nostra porta verso le quattro e mezza, e mio padre lo ha fatto accomodare nel soggiorno. Io, naturalmente, sono rimasta con loro.

L'uomo era davvero anziano, respirava a fatica, e dopo essersi seduto ha detto: – Ho bisogno di un paio di minuti per riprendermi. È la mia asma.

Era diverso da come mi era sembrato in fotografia, e l'ho osservato attentamente. Anche lui mi ha osservata a lungo e infine mi ha detto: – Grazie di nuovo.

Poi, rivolto a mio padre, ha aggiunto: – Non so come ho fatto a perdere il portafoglio. Dev'essermi caduto quando mi sono chinato a raccogliere l'orsetto di un bambino seduto sulla mia panchina.

– L'importante è che lo abbia recuperato.
– Grazie a sua figlia e alla sua amica.

– Valentina sa come deve comportarsi in certe situazioni.

Siccome non volevo che mi facessero troppi complimenti, ho pensato che avrei fatto meglio ad andare nella mia camera a leggere o a coccolare Alice. Però volevo saperne di più sul nipote al quale l'uomo aveva accennato al telefono. Ma non sapevo come introdurre l'argomento.

L'uomo deve aver indovinato i miei pensieri, perché ha detto: – Mi sarebbe anche dispiaciuto perdere la foto di mio nipote. È l'unica che ho, ed è molto preziosa per me. Mio nipote è scomparso un anno fa. Da quando i suoi genitori erano morti in un incidente stradale, vivevamo insieme e mi occupavo di lui.

– Pensa che se ne sia andato?

– Domenico non sarebbe mai andato via. Stava bene con me, andava volentieri a scuola ed era uno dei più bravi.

– Allora cosa può essere successo?

– Non lo so. Ma sento che è vivo. È per questo che non sto quasi mai in casa. Vado nei posti che frequentava con i suoi amici, interrogo tutti quelli che lo conoscevano. Quella foto l'ho mostrata a decine di persone. E spero, prima o poi, che qualcuno sappia darmi qualche valida indicazione.

– Posso vederla anch'io? – ho chiesto all'uomo.

Quando l'ho avuta tra le mani, l'ho guardata con attenzione. Non ricordavo di aver mai visto quel ragazzo ai giardini.

– Lo riconosci? – mi ha chiesto l'uomo.

– Purtroppo no.

L'uomo ha sospirato e ha detto: – Non smetterò mai di cercarlo. Se necessario, mi sposterò a Milano. Ha vissuto un anno con i suoi in quella città. Forse ha conosciuto qualcuno, e lo ha ritrovato a Torino. Sto facendo mille e mille ipotesi e continuerò a farle finché vivo. Scusate se vi ho disturbato.

– Ha fatto bene a venire – gli ha detto mio padre.

– Volevo ringraziare di persona Valentina e i suoi genitori.

– Come si chiama? – gli ha chiesto mio padre.

– Oreste.

– Se vuole venire a trovarci altre volte, lo faccia pure.

– Grazie. Ciao, Valentina. E ringrazia per me anche la tua amica.

– Che ne pensi? – ho chiesto a mio padre quando Oreste è andato via.

– Penso che forse non troverà mai più suo nipote, ma che di certo non smetterà di cercarlo, perché non ha altro scopo nella vita.

UN ORECCHINO CHE FA LITIGARE

Oggi Rinaldo è venuto a scuola con l'orecchino e ha detto: – Il primo che ride si becca un pugno sul naso.

Ma non ha riso nessuno. Io però gli ho chiesto: – Perché lo hai messo?

E lui mi ha risposto: – Sono fatti miei.

Ottilia ha detto: – A me sembra un po' ridicolo.

Rinaldo l'ha sentita, si è avvicinato minaccioso e l'ha sfidata: – Ripetilo.

– Oh, non fare troppo lo sbruffone – gli ha detto Ottilia. – Io posso dire quello che penso, se tu puoi fare quello che vuoi. Eppoi non credere di essere tanto originale. Lo portano in tanti. Ma a me, se permetti, sembra ridicolo.

Rinaldo ha alzato una mano, ma il maestro, che stava entrando in classe in quel momento, lo ha fermato chiedendo: – Cosa succede?

– Niente – ha risposto Ottilia. – Rinaldo vuole fare il prepotente, come al solito.

– Andate a sedervi e parliamo di Zurigo.

A quelle parole, tutti sono andati ai loro posti e abbiamo spalancato le orecchie.

– I vostri genitori sono d'accordo – ha cominciato il maestro. – Quindi il viaggio si farà. Con gli sconti previsti per le comitive, non spenderemo nemmeno molto. E Vittorio ha trovato un albergo che ci farà un buon prezzo.

– Maestro, cosa faremo a Zurigo? – ha chiesto Nicola.

– Già, qual è il programma per i quattro giorni? – ho chiesto io.

– Visiteremo varie scuole e incontreremo vari gruppi di ragazzi italiani non solo a Zurigo, ma anche a Dietikon, Glarus, Winterthur, Emmenbrücken, Lucerna, Sursee e Schaffausen. Vi ho detto i nomi a caso, come li ricordo, ma l'itinerario più conveniente lo stabilirà Vittorio. Naturalmente non andremo a chiuderci nelle scuole. Vedremo e attraverseremo il paesaggio svizzero. Questo vuol dire colline, monti, fiumi e laghi.

Mentre il maestro parlava, mi sono immaginata la Svizzera a modo mio. Ho già cominciato a raccogliere informazioni sul fiume Limmat, sul lago di Zurigo, su quello dei Quattro Cantoni e così via.

– È vero che a Lucerna c'è un ponte di legno molto bello sul fiume Reiss?

– Sì, è stato ricostruito dopo l'incendio che lo aveva distrutto alcuni anni fa.

– Non credo che scriverò molto sul tuo taccuino – ho detto a Tazio. – Ho capito che cammineremo parecchio.

«Un altro bel viaggio», ho pensato stasera prima di addormentarmi.

Chissà se Stefi è già stata a Zurigo. Spero che mi telefoni, prima o poi. Magari vedrò dei posti che lei non conosce, così potrò raccontarle anch'io qualcosa di nuovo.

Forza, Valentina! Il mondo ti aspetta.

E con questo pensiero, mi sono addormentata.

IL VIAGGIO-SOGNO DI OTTILIA

Sembra destino che a me e a Ottilia debbano succedere le cose più strane proprio ai giardini. L'altro giorno abbiamo trovato il portafoglio di Oreste, e oggi...

Be', oggi non ci aspettavamo niente di nuovo. Ci siamo messe a passeggiare nei vialetti mangiando un gelato e parlando di Zurigo.

– Sento che durante questo viaggio mi accadrà qualcosa di importante – ha detto a un certo punto Ottilia.

– Che cosa, per esempio?

– Non lo so di preciso. Ma intanto è già qualcosa che per quattro giorni mancherò da casa. Non mi sembra vero. I miei mi stanno sempre addosso come se fossi un pulcino spaventato, e io non vedo l'ora di poter prendere delle decisioni per conto mio. Sapessi quante scuse hanno cercato all'inizio, per non farmi venire con voi.

Hanno detto che la galleria del San Gottardo è pericolosa, che gli svizzeri sono razzisti, e infine hanno aggiunto: «Abbiamo il presentimento che qualcuno cercherà di rapirti». Rapire me, capisci? Potevano trovare una scusa più ridicola? Comunque alla fine hanno ceduto. Ormai è deciso e sarò anch'io della partita. Oh, Valentina, come sono felice di lasciare l'Italia! Per qualche giorno voglio dimenticarmi della mia città, della mia famiglia e della mia solita vita. Che lingua si parla nei posti dove andremo?

– Tedesco.

– Perfetto. Così non capirò niente e mi sembrerà di essere dall'altra parte del mondo. Tu conosci qualche parola di tedesco?

– Due o tre. Per esempio *Mädchen*, che vuol dire ragazza. *Fraülein*, che vuol dire signorina. Inoltre arrivederci si dice *Auf wiedersehen*.

– Ripeti.

– *Auf wiedersehen*.

– Allora, *Auf wiedersehen*, mamma e papà. Quando si parte?

– Tra sette giorni.

– *Auf wiedersehen... Auf wiedersehen... Auf wiedersehen...* – ha continuato a dire Ottilia.

– Che cosa stai recitando, una poesia? – le ha chiesto una bambina di forse tre anni, che ci è comparsa davanti all'improvviso.

– Più o meno – le ha risposto Ottilia.

– Mi fai leccare un po' del tuo gelato?

A quella domanda, Ottilia mi ha chiesto: – Pensi che dovrei?

Ma io, anziché risponderle, ho chiesto alla bambina: – Dov'è tua madre?

– Non lo so.

– Come sarebbe a dire che non lo sai?

– Era qui, poco fa. Ma adesso non c'è più. Forse si è persa.

– Bella, questa! – ha esclamato Ottilia, ridendo.

– Perché ridi? – le ha chiesto la bambina.

– Perché di solito sono i bambini che si perdono.

Io mi sono guardata intorno e non ho visto nessun adulto nei paraggi.

– Come ti chiami? – ho chiesto alla bambina.

– Valentina.

– Che combinazione! Anch'io mi chiamo come te.

– Davvero?

– Sì. Be', Valentina, qui dobbiamo risolvere un problema.

– Mi fai leccare il tuo gelato?

– Ma sì, mangialo pure tutto. Non sei spaventata di avere perso tua madre?

– No, tanto lei tornerà fra poco.

– Come fai ad esserne sicura?

– Veramente non lo so.

– Valentina, la faccenda si complica – mi ha detto Ottilia. – Noi dobbiamo andare via. Cosa ne facciamo di questa qui?

– Ci conviene accompagnarla all'ingresso dei giardini. Probabilmente la madre la starà cercando da quelle parti. Almeno lo spero.

– Guardala, mangia il gelato come se non fosse successo niente di grave.

– E infatti non le è successo niente di grave, Ottilia.

– Come, niente! Ha perso sua madre. Scommetto che quella donna starà facendo la matta per trovarla.

Questo l'ho pensato anch'io. E ho chiesto a Valentina: – Sai dove abiti?

– Certo che lo so. A casa mia.

– Voglio dire, a che indirizzo?

– Vicino ai giardini.

– E se io ti do la mano, sei capace di portarmi a casa tua?

– Sì.

– Allora dai una mano a me e l'altra a Ottilia, va bene?

– Posso darla solo a te. Con l'altra devo tenere il gelato.

Valentina mi ha dato la mano sinistra, Ottilia si è messa alla sua destra, e tutte e tre ci siamo incamminate verso l'ingresso dei giardini.

Ma all'uscita del vialetto, abbiamo sentito un grido e abbiamo visto una donna mettersi a correre verso di noi. Quando ci ha raggiunte, mi ha dato una spinta e ha fatto saltare il gelato dalla mano di Valentina.

Io ho rischiato di finire a gambe all'aria e Valentina è stata letteralmente sollevata da terra e stretta nella morsa delle braccia della donna.

– Come stai, come stai, Valentina? Oh, mio Dio, mi sembrava di impazzire! – ha cominciato a dire la donna.

Subito dopo sono arrivati un vigile e tre uomini dai visi congestionati.

– L'ho trovata, l'ho trovata! – ha gridato la donna, che continuava a soffocare Valentina.

– Mamma, mamma, mi stai facendo male – ha detto Valentina, cercando di districarsi dal suo abbraccio.

La donna ha messo a terra la figlia e, rivolgendosi a me e a Ottilia, ci ha chiesto:

– Dove la stavate portando? Che cosa avete fatto alla mia bambina?

– E cosa vuole che le abbiamo fatto? – ha reagito Ottilia. – La stavamo portando a casa.

– Bugiarde, non è vero! – ha gridato la donna. – Voi... voi volevate portarla via.

– Ma lei è matta – ho detto io.

Allora la donna si è rivolta al vigile e gli ha detto: – Se ne occupi lei. Non se le lasci sfuggire.

Io ho guardato il vigile, per vedere come avrebbe reagito, e per fortuna l'uomo ha detto: – Si calmi, signora. Io vedo solo due bambine che le stavano portando sua figlia.

– Non si lasci ingannare. Sembrano ingenue, ma chissà cosa avevano in testa di fare.

– Eh, non si sa mai – ha detto un uomo. – Io indagherei più a fondo.

– Anch'io – ha detto un altro. – Oggi cominciano presto ad avere strane idee nella testa.

Ottilia si è avvicinata a me, e mi ha stretto un braccio. A quel punto mi sono messa a tremare. Ma non di paura. Di rabbia.

– Voi non sapete cosa dite – ho detto cercando di controllarmi. – Credo che vediate troppi film gialli o leggiate troppa cronaca nera.

– Sentitela, sentitela come parla – ha detto una donna.

Ma il vigile è intervenuto di nuovo e ha detto: – Andate pure. A loro ci penso io.

Prima che la madre la portasse via, Valentina mi ha detto: – Ciao. Ci incontriamo di nuovo ai giardini? Il gelato era molto buono.

Ma sua madre le ha chiuso la bocca e l'ha spinta via.

Quando siamo rimaste da sole con il vigile, Ottilia è scoppiata a piangere.

– Perché piangi? – le ha chiesto il vigile.

– Ma non li ha sentiti? – ha singhiozzato Ottilia.

– Li ho sentiti. Dove abitate?

Io gli ho dato il mio indirizzo e gli ho chiesto: – Che fa, ci accompagna a casa?

– No, ho altro da fare. Buona passeggiata, ragazze.

Mio padre ha ascoltato in silenzio la mia avventura e alla fine ha detto: – La paura gioca brutti scherzi alle persone. Comunque complimenti perché non hai perso la testa.

Prima di andare a letto, ho telefonato a Ottilia.

– Sei più calma? – le ho chiesto.

– Sì, ma la prossima volta che vedo una bambina piccola, cambio strada.

Io non credo che lo farò. E prima o poi spero di rivedere Valentina.

SCATOLE ANIMATE E PIENE DI ALLEGRIA

Stamattina il maestro è entrato in classe con una grande scatola. Sapevamo

tutti che cosa conteneva, e Tazio ha detto:
– Attacco questa sulla porta.

E ha sollevato una striscia di carta, sulla quale aveva scritto, a caratteri cubitali: SI PREGA DI NON DISTURBARE. RIPASSARE PIÙ TARDI.

– Prima andate a chiamare Davide – ha detto il maestro. – Gli ho promesso che sarebbe stato presente e non voglio che mi consideri un bugiardo.

– Vieni, ti vuole il maestro – ho detto a Davide, che già gironzolava nel corridoio con un pacchetto di figurine in mano.

– Che cosa vuole?
– Non ricordi cosa ti ha promesso ieri?
– Ah, sì! L'ha portato veramente?
– Eccome! Aspetta te per montarlo.

Davide è schizzato in avanti ed è arrivato in classe prima di me.

I miei compagni avevano congiunto i banchi e avevano formato una specie di grande pista al centro dell'aula.

– Eccolo qua – ha detto il maestro, cominciando a tirare fuori dalla scatola la locomotiva e i vagoni di un lungo trenino elettrico.

– Com'è bello! – ha esclamato Davide. – Dov'è il telecomando per farlo funzionare? Voglio farlo girare io.

– Tu te ne stai buono finché non abbiamo montato i binari, gli scambi, la stazione, il ponte e la galleria – gli ha detto il maestro.

Davide non ha replicato e il maestro ha potuto dedicarsi con calma al montaggio dei vari pezzi. Ogni tanto ci chiedeva di dargli una mano a congiungere un pezzo con un altro, e intanto ripeteva: – Ci vorrà una mezz'oretta in tutto. Poi lo faremo girare un po' ciascuno.

Alcune settimane fa, parlando di giocattoli, abbiamo scoperto che il maestro ha una vera passione per i trenini elettrici. E lunedì scorso, ci ha detto: – Ne ho uno veramente bello in cantina. Sono anni che è laggiù. Mi piacerebbe farvelo vedere.

Quando ha finito di montarlo, gli occhi gli scintillavano. Per la verità, scintillavano anche a me. Era la prima volta che vedevo un trenino elettrico così bello, con stazione e tutto.

– Accidenti! – ho esclamato. – Sarà un peccato quando dovremo smontarlo.

– Adesso lo facciamo girare – ha detto il maestro. E la voce gli tremava per l'emozione. – Spero che il trasformatore funzioni ancora.

Ha inserito la spina, ha respirato profondamente, e quando ha piegato una levetta, il treno ha cominciato a correre allegramente.

– Uau! – abbiamo esclamato tutti nello stesso momento.

Era bellissimo vedere la locomotiva infilarsi sotto la galleria, attraversare un ponte e curvare su un prato trascinandosi dietro otto lunghi vagoni! Il ronzio delle ruote sui binari sembrava quello che fanno le ruote di un treno vero, e io mi sono immaginata di essere all'interno di uno dei vagoni mentre attraversavo le montagne diretta a Zurigo.

– Fallo correre più veloce, fallo correre più veloce! – ha gridato Davide.

E prima che il maestro potesse dir qualcosa, ha spinto a fondo la levetta, e il treno ha cominciato a correre velocemente sui binari. Alle curve sembrava sul punto di rovesciarsi, ma tutti i vagoni sono rimasti in pista come scatole animate e piene di allegria.

Il maestro si era incantato insieme a noi. E non so per quanto tempo siamo rimasti immobili a seguire il viaggio senza soste del suo trenino elettrico.

– Me lo regali? – ha chiesto Davide al maestro, quando abbiamo cominciato a smontarlo e a riporre i vari pezzi nella scatola.

Il maestro lo ha guardato come se avesse detto un'assurdità, e gli ha risposto: – Non posso, non è più mio.

– E di chi è?

– È del mondo di ieri.

Siamo rimasti immobili a guardarlo...

DOV'È ALICE?

Quando torno a casa da scuola, verso le cinque meno un quarto, mia madre mi chiede ogni volta: – Valentina, com'è andata?

– Bene – le rispondo io. Oppure: – Poteva andare meglio.

– Cosa vuoi per merenda?

– Pane e marmellata o pane e cioccolato.

– Non ti va un pezzo di crostata?

– Quella alle mele?

– Naturalmente.

– Allora vada per la crostata.

Prima, però, passo a salutare Alice. La prendo in braccio, le faccio una grattatina sulla nuca e le chiedo: – Come stai?

Alice infila la testa sotto la mia ascella e mi annusa. Vuol dire che è contenta di vedermi e che è tutto a posto. Allora la poso per terra, vado a lavarmi le mani, la faccia e i denti e mi dico: – È finita un'altra giornata.

Oggi pomeriggio, mentre mi infilavo nell'ascensore, pensavo a queste scenette con mia madre e Alice, e mi preparavo a sentire le solite parole e a dare le solite risposte.

Ma quando mi sono affacciata sul pianerottolo, mia madre aspettava sulla porta. Appena mi ha vista, ha detto: – Valentina, non troviamo più Alice.

– Si sarà nascosta sotto l'armadio.

– Alice non è in casa.

– Non è possibile!

In quel momento ho intravisto Luca, che sbirciava dalla nostra camera.

– Tuo fratello l'ha portata in cortile... Dev'essersi distratto... e quando l'ha cercata... non c'era più.

– Non doveva portarla giù senza di me e senza guinzaglio... – ho balbettato.

Luca è venuto fuori dalla nostra camera. Aveva gli occhi rossi e doveva aver pianto.

– Il guinzaglio ce l'aveva – ha detto con voce tremante. – Ma poi l'ho lasciata andare nel prato, per farle mangiare l'erba che le piace... L'abbiamo fatto insieme altre volte... Non ti ricordi? Solo che questa volta... non l'ho più trovata.

– Oh, mio Dio, Alice, dove sei? – ho mormorato.

Ho scaraventato lo zaino per terra e ho detto: – Vado a cercarla.

– Abbiamo già perlustrato un pezzo della via – ha detto mia madre. – Siamo andati fino al supermercato. Dev'essersi allontanata parecchio. Ma ha la medaglietta con il numero di telefono. Se qualcuno la trova, ci chiamerà, vedrai...

Io non sono stata ad ascoltarla e mi sono precipitata giù per le scale.

Ho girato per le strade del nostro quartiere, ho guardato sotto le auto, mi sono fermata accanto ai contenitori dell'immondizia, li ho scoperchiati e sono arrivata fino a scuola.

Di Alice, però, nessuna traccia.

Non poteva essere scappata. Perché avrebbe dovuto farlo? Stava così bene con noi! Che le fosse successo un incidente? Che fosse stata travolta da un'auto come era già capitato una volta? Non volevo nemmeno pensare a un'eventualità del genere.

E intanto non me la sentivo di tornare a casa. Non potevo entrare nella mia camera e non vedere Alice che mi veniva dietro come un'ombra.

Ma quando si è fatto buio, sono scoppiata a piangere e sono tornata dai miei.

C'era anche mio padre, che mi ha detto:
– Mi dispiace, Valentina. Ma sono sicuro che rivedremo la tua gatta.

– Come farò senza di lei?

Volevo rimproverare aspramente Luca. Ma quando l'ho visto mogio e a testa china, non ho osato.

IN GIRO PER IL QUARTIERE

A cena non avevo voglia di mangiare. Dov'era Alice in quel momento? Si era persa e stava cercando la via di casa? O qualcuno le stava dando da mangiare per pietà, come si fa con i gatti randagi? Ma allora perché non davano un'occhiata alla sua medaglietta? Perché non leggevano il numero di telefono e non mi chiamavano?

Dopo cena ho telefonato a Tazio.

– Alice non c'è più – gli ho detto. – Mi aiuti a cercarla?

– Vengo subito.

Mio padre non voleva che uscissi per strada.

– È tardi, Valentina.

– Voglio fare un altro tentativo – ho detto. – Può darsi che sia ancora nel quartiere. E poi non uscirò da sola. Ci sarà Tazio che verrà con me.

– Entro un'ora devi essere di ritorno, però.
– D'accordo.

Tazio ha suonato il citofono e io gli ho detto di aspettarmi giù.

Cinque minuti dopo eravamo vicini al mercato del pesce. È stata un'idea di Tazio.

– Potrebbe essere da queste parti – mi ha detto. – Di solito è qui che si riuniscono i gatti randagi della zona.

Ma il mercato del pesce era silenzioso e non c'era nemmeno l'ombra di un gatto.

– Che strano! – ha esclamato Tazio. Ed ha aggiunto: – Andiamo da quella parte.

E siamo entrati in una stradina dove non avevo mai messo piede. Era poco illuminata e la gente che vi abitava se ne stava chiusa in casa. Come avrei voluto starmene anch'io nella mia camera, con Alice accoccolata in grembo o accucciata ai miei piedi! Come avrei voluto che la mia vita non fosse cambiata così di colpo!

– Guarda! – ha esclamato Tazio stringendomi un braccio.

Ho lasciato perdere i miei pensieri, e ho diretto lo sguardo su un gatto che si muoveva guardingo accanto a un contenitore dei rifiuti.

– Alice! – ho gridato.

E la mia voce è risuonata come un urlo nel silenzio della strada.

A quel grido, però, il gatto è fuggito via.

– Non era lei. Non sarebbe scappata – ho detto a Tazio quando ci siamo fermati dopo averlo rincorso inutilmente.

– Inutile continuare – ha detto Tazio. – Riprenderemo le ricerche domani.

– Domani forse sarà troppo tardi.

– Cosa vuoi fare, Valentina?

– Voglio tornare dai miei.

Tazio mi ha preso una mano, me l'ha stretta e mi ha accompagnata in silenzio sotto il portone di casa.

Era la prima volta che stavo fuori fino a tardi, e la strada dove abitavo non sembrava la mia.

Tazio mi ha baciata e mi ha detto: – Ci vediamo domani.

Quando sono riuscita ad addormentarmi, ho sognato Alice.

Vagava in mezzo a cumuli di rifiuti, circondata da nuvole di mosche, e aveva una zampa ferita. Quando una mano è calata su di lei, e ha cercato di afferrarle la testa, ho gridato: – Attenta, Alice!

E mi sono svegliata. Era da poco passata la mezzanotte, mi sono alzata e sono andata a bere un bicchiere d'acqua.

Prima di riaddormentarmi, ho continuato a vedere quella mano davanti agli occhi. Era una mano infantile e mi sembrava di riconoscerla.

ALICE NON SI TROVA

Oggi, a scuola, non riuscivo a concentrarmi.

– Non me l'aspettavo, non me l'aspettavo – ho continuato a dire a Ottilia. – Ero certa che Alice sarebbe rimasta sempre con me. E sono sicura che non è fuggita.

– Dove pensi che sia finita, allora?

– Non lo so. Ma qualcuno o qualcosa le impedisce di tornare da me. Sento proprio che è così.

Durante l'intervallo, Tazio si è unito a noi.

– E se mettessi un annuncio sul giornale? – ha proposto Ottilia.

– Chi vuoi che si accorga di una gatta in una città grande come Torino? – ha osservato Tazio.

– Si può provare – ha insistito Ottilia.

– Dobbiamo battere la zona palmo a palmo – ha suggerito Tazio. – Non c'è altro da fare.

– Dopo la scuola io sono libera – ha detto Ottilia.

– Siete dei veri amici – ho detto. – Che ne

dite se arriviamo alla riva del fiume? Alice potrebbe avervi trovato rifugio.

Ma mentre lo dicevo, continuavo a vedere la mano che nel sogno cercava di ghermire la testa della mia gatta. A chi apparteneva quella mano? Era una mano piccola e screpolata. Inoltre aveva le unghie scheggiate.

All'uscita da scuola, ci siamo dati appuntamento sotto casa mia. Strada facendo, abbiamo incontrato Ringo.

– Dove andate? – ci ha chiesto.

– A cercare la gatta di Valentina – gli ha risposto Ottilia.

– Pensiamo che possa essere dalle parti del fiume – ha detto Tazio. – Perché non vieni con noi?

– Ho da fare – ha risposto Ringo. – E poi non credo che la gatta sia finita lì. Ci sono dei topi talmente grossi, che ne farebbero un solo boccone.

Io ho toccato un braccio di Ringo, e gli

ho detto: – Se la vedi dalle parti del campo, avvisami subito.

– Perché dovrebbe essere dalle parti del campo?

– È un'ipotesi come un'altra. Ormai non so più cosa pensare.

Ringo si è girato e si è allontanato quasi di corsa.

Sulla riva del fiume non c'era traccia di Alice. Ringo aveva ragione a proposito dei topi. Ogni tanto ne scorgevamo uno. Erano ratti enormi che non si facevano spaventare dalla nostra presenza.

– Che schifo! – ha esclamato Ottilia rabbrividendo. – Questi topi devono essere dei concentrati di malattie. Facciamo attenzione a non sfiorarli, se no svengo.

– Andiamo via – ho detto a un certo punto. – Sono certa che Alice non è qui. Ringo aveva ragione.

– Scommetto che questi posti li conosce meglio di chiunque altro – ha detto Ottilia.

RICATTO AL TELEFONO

– Niente? – mi ha chiesto mio padre quando è tornato dal lavoro.

– Niente. Ormai non so più dove cercare – gli ho risposto.

Prima di cena avevo lavato la lettiera, la scodella per il cibo e quella dell'acqua di Alice.

Luca mi guardava in silenzio, e a un certo punto ha detto: – Perché non lo dite che è colpa mia? Perché non lo dite che se Alice è morta è stato per causa mia? Ditelo, ditelo. Tanto lo so che lo pensate.

– Tu non volevi che Alice si smarrisse. Sei stato solo imprudente. Comunque Alice non è morta.

– Come fai a dirlo?

Già, come facevo a dirlo? E in fondo, se non era morta, era come se lo fosse, visto che forse non avrei più avuto occasione di accarezzarla, di coccolarla e di nutrirla.

A cena abbiamo parlato ancora di Alice.

– Potremmo prendere un'altra gatta – ha proposto mio padre.

– Non sarebbe la stessa cosa – ho detto io. – E poi non voglio rassegnarmi. Alice aveva un numero di telefono al collo. Qualcuno lo noterà, prima o poi. Qualcuno chiamerà.

Mio padre ha dondolato la testa e mia madre ha annuito senza dire niente.

Prima che andassi a letto, è squillato il telefono.

Il cuore mi è balzato in gola e sono andata a rispondere.

– Pronto?

Dopo un po' di esitazione, una voce contraffatta ha detto: – Ho la tua gatta.

– Cosa? Come dice? Dove sta?

– Smettila di fare domande e ascolta. Se la rivuoi, devi pagare.

– Pagare? Perché?

– Non fare la stupida. Se vuoi indietro la gatta, devi darmi due milioni.

– Due milioni? Ma sono tanti soldi!

– Due milioni. Non una lira di meno. O la tua gatta finisce affogata.

– Oh, no! Non farle del male, ti prego. Chi sei?

– Ci sentiamo domani sera a quest'ora. E vieni a rispondere tu.

– Aspetta, non riattaccare. Come sta Alice? Le stai dando da mangiare? Lei...

Ma la cornetta è stata sbattuta giù e io sono rimasta con la mia stretta in mano.

Poi sono corsa da mio padre e gli ho riferito la conversazione.

– Che fosse uno scherzo? – mi ha chiesto.

– Papà, come faceva a essere uno scherzo? Chi ha telefonato conosceva il nostro numero e sapeva che ho perso la gatta. Aveva una voce strana. Era come se avesse qualcosa in bocca mentre parlava. Eppure non mi sembrava una voce del tutto sconosciuta.

– Due milioni! – ha esclamato mio padre.
– Non possiamo cedere a questo ricatto.

– Ma si tratta di Alice, papà! E poi io i soldi per pagare li ho.

– Quali soldi, Valentina?

– Quelli che mi ha regalato Rosa. Se do due milioni al rapitore di Alice, me ne restano ancora tre.

– Valentina, quei soldi sono stati messi da parte per te.

– Papà, non posso perdere Alice. Quello che ha chiamato ha minacciato di affogarla, se non pago.

– Pagarlo? E dove? E quando? E come?

– Ha detto che richiamerà domani sera. Ma prima di parlargli, tu devi promettermi che mi darai i soldi necessari per liberare Alice.

Mio padre ha guardato mia madre.

– Che cosa ne pensi? – le ha chiesto.

E mia madre gli ha risposto: – Sai quanto Valentina tenga ad Alice.

Io sono andata ad abbracciarla e le ho detto: – Grazie, mamma.

ALLE DIECI DI SERA, DAVANTI AL CIMITERO

Stamattina ne ho parlato con Tazio e Ottilia.

– Dunque l'hanno rapita! – ha esclamato Ottilia. – È incredibile. E vogliono anche un bel riscatto. Due milioni!

– Cos'hanno deciso i tuoi? – mi ha chiesto Tazio.

– Mi daranno i soldi.

– Che vermi! – ha detto Ottilia. – Forse si tratta di una banda specializzata in rapimenti di animali.

– Se ti hanno chiesto tanti soldi, evidentemente sono sicuri che alla tua gatta tieni molto – ha osservato Tazio. – Questo vuol dire...

– Che chi ha rapito Alice forse mi conosce – ho concluso io.

– Proprio così.

– E chi pensate che sia? – ha chiesto Ottilia, stuzzicata da questa nuova ipotesi.

– Non ne ho idea – le ho risposto. – Ero troppo emozionata mentre parlavo al telefono. Ma la voce di chi mi aveva chiamato non mi era completamente nuova. Però non saprei proprio dire a chi appartenga.

– Forse è qualcuno che abita nel tuo palazzo. In tal caso, la gatta potrebbe trovarsi in un appartamento del condominio – ha detto Ottilia.

– Sarebbe il colmo. No, non credo. E poi ho avuto l'impressione che la voce non fosse quella di un adulto.

– Quando ha detto che richiamerà? – mi ha chiesto Tazio.

– Alla stessa ora di ieri sera.

– Si potrebbero avvisare i carabinieri, perché registrino la telefonata – ha suggerito Ottilia.

– Non credo che si scomoderebbero per una gatta. Comunque sia, non voglio mettere in pericolo la vita di Alice.

– Telefonami subito, appena sai qualcosa di più preciso – mi ha detto Tazio.

– Telefona anche a me – ha detto Ottilia.

La telefonata è arrivata puntuale.

– Lascia che la prenda io – ha detto mio padre.

– No, vuole parlare con me.

– Valentina, questo non è un gioco da bambini.

– Ti prego, papà!

Mio padre ha sbuffato e si è messo vicino al telefono stringendo i pugni.

Io ho sollevato la cornetta, e ho detto:
– Pronto?

– Quanto ci metti a rispondere? Vuoi che mandiamo tutto all'aria?

– No, no! Come sta Alice?

– Mi darai i soldi?

– Sì, i miei sono d'accordo.

– Allora apri bene le orecchie. Metti i soldi in una busta e fatti trovare, domani sera alle dieci, all'ingresso del cimitero. Quello vicino all'inceneritore. Mi stai ascoltando?

– Sì, sì.

– Io sarò lì con la gatta. E tu devi venire da sola, senza genitori né altri adulti.

– Posso venire almeno con un compagno?

– Ho detto da sola. C'è un piccolo spiazzo davanti all'ingresso. Perciò vedrò benissimo se vieni con le tue gambe o accompagnata da qualche furbone. Ti avverto. Se provi a giocarmi uno scherzo, la tua gatta non la rivedi più.

– Va bene, farò come vuoi.

– Ti conviene. Allora, ricorda: domani sera alle dieci. E i soldi devono essere giusti.

– Come sta Alice?

– Non ha molta fame, ma è ancora viva. Non dev'essere abituata a stare in gabbia.

– In gabbia?

Ma il telefono è stato riagganciato. Questa volta la voce era ancora più confusa della prima volta, perché come sottofondo c'era un rumore di auto. Probabilmente mi aveva chiamato da una cabina telefonica.

– Allora? – mi ha chiesto mio padre.

E quando gli ho riferito le indicazioni che mi erano state comunicate, mi ha detto:
– Non se ne parla proprio. Tu da sola non vai da nessuna parte. Ingresso del cimitero vicino all'inceneritore! Figuriamoci. È una zona isolata, poco illuminata e frequentata da chissà chi. E alle dieci di sera. Niente da fare.

– Papà, ho promesso che ci andrò.

– È troppo rischioso, Valentina. Come mai non riesci a rendertene conto da sola?

– Me ne rendo conto, papà. Ma è l'unico modo per riavere Alice!

– E poi, chi ti assicura che avrà la gatta con lui?

– Perché non dovrebbe averla?

– Perché non sappiamo chi ti ha chiamato e fino a che punto non ti sta raccontando frottole.

– Devo rischiare, papà. E poi io non gli darò i soldi se prima non vedo Alice con i miei occhi.

– Potresti avere a che fare con un uomo o con più di uno. Valentina, non chiedermi questo.

– Tu mi accompagnerai in auto, papà. Ti fermerai a una certa distanza, così potrai vedere non visto come avviene lo scambio. In caso di pericolo, potrai raggiungermi.

– Valentina, ho paura – mi ha detto mia madre. – Questa è una cosa più grande di te.

– Non sarò sola, mamma. Ci sarà papà a sorvegliarmi da lontano.

– Adesso va' a dormire e calmati – mi ha detto mio padre. – Voglio pensarci per bene stanotte. Domani ti dirò cosa ho deciso.

TENEREZZA PER TAZIO

– Valentina, non so dove trovi questo coraggio – mi ha detto Ottilia stamattina. – Però, se vuoi, io sono disposta a venire con te.

– Ci vengo io – ha detto Tazio.

– Ma se vi ho detto che vuole che ci vada da sola!

– Cos'ha deciso tuo padre?

– Mi lascerà andare. Ma si avvicinerà il più possibile con l'auto all'ingresso del cimitero.

– Allora io starò con lui nell'auto – ha detto Tazio.

– Che razza di storia! – ha esclamato Ottilia. – Sembra un film.

– Invece è la realtà – le ho detto. – E stasera spero di riavere Alice con me.

All'uscita da scuola, Tazio è venuto a casa mia. Dopo aver fatto merenda, ce ne siamo andati nella mia camera.

– Sono troppo agitata e non so cosa fare – gli ho detto.

– Vuoi che andiamo ai giardini?

– Non voglio distrarmi troppo. Devo farmi coraggio per stasera.

– Pensi che se ci presentiamo insieme all'appuntamento, attuerà la minaccia e ucciderà Alice?

– E chi lo sa? Non possiamo rischiare.

– Allora resterò in auto con tuo padre. Se le cose si mettono male, urla. L'auto può attraversare il piazzale, e saremo da te in pochi secondi.

– Cosa hai detto a tua nonna?

– Che i tuoi genitori mi hanno invitato a vedere un film con voi stasera.

– Forse avresti dovuto dirle la verità.

– Gliela dirò quando tutto sarà finito.

Non ho mai provato tanta tenerezza per Tazio, come in quel momento. Mi stava vicino come nessun altro ed era disposto a correre un pericolo vero per me.

– Mi vuoi davvero bene? – gli ho chiesto timidamente.

Tazio mi ha abbracciata e mi ha sussurrato in un orecchio: – Non farti spaventare dal cimitero.

UN VISO COPERTO DAL PASSAMONTAGNA

Alle nove e un quarto sono salita in macchina con Tazio e mio padre. Mia madre mi ha abbracciata a lungo e mi ha detto: – Stai attenta, Valentina.

– Non mi succederà nulla, mamma. Te lo prometto.

Ho stretto la busta con i soldi e mi sono seduta accanto a mio padre. Erano tutte banconote da centomila, e ho pensato a cosa ne avrebbe fatto il tipo al quale stavo per consegnarle, in cambio della vita di Alice.

Per arrivare al cimitero, abbiamo fatto un lungo giro. Mio padre ha osservato da lontano il punto dove avrei dovuto incontrare il rapitore di Alice, e ha detto: – Non mi piace. È troppo buio. Però se fermo l'auto tra quei due alberi, riesco a tenerlo lo stesso sott'occhio.

Io ero troppo emozionata per parlare, e

ho fatto solo dei cenni di assenso con la testa. Quando però mio padre mi ha chiesto: – Sei sempre decisa ad andare? – gli ho risposto senza esitazione: – Sì, papà.

– Consegna i soldi, prendi la gabbia e torna subito indietro. Se ti senti in pericolo, grida. Sarò da te in una manciata di secondi.

– E se andassi io? – ha proposto Tazio. – Se ne accorgerebbe solo quando gli sarò vicino. A quel punto si accontenterà dei soldi e mi darà la gabbia.

– È una buona idea – ha detto mio padre. Ma io non ho voluto saperne.

– Alice è mia – ho detto – e devo andarci io. Inoltre non possiamo prevedere come reagirà se vede un altro al posto mio.

Mio padre ha sospirato.

– Vado a mettermi laggiù – mi ha detto.

– Che ore sono? – gli ho chiesto.

– Le dieci meno un quarto.

Quando mancavano due minuti alle dieci, sono scesa dall'auto e mi sono incamminata lungo il piazzale che fronteggia l'ingresso del cimitero. Avevo le gambe molli, ma per darmi coraggio, nella mia testa ho continuato a dirmi: «Tra pochi minuti sarà tutto finito, Valentina. Pensa, tra poco riavrai Alice. Tra poco riavrai Alice...».

Il piazzale sembrava non finire mai. Ad ogni passo era come se diventasse più grande. Guardavo il punto in ombra dove ero attesa dal rapitore di Alice, e cercavo di intuirne la presenza a ridosso del cancello.

Poi, quando sono stata a pochi metri dall'ingresso del cimitero, ho sentito un miagolio. Il cuore mi è esploso in petto, e ho esclamato: – Alice!

Infine ho visto l'ombra, e sono rimasta di sasso. La persona che avevo davanti era poco più alta di me. In testa aveva un passamontagna e con una mano stringeva la maniglia di una piccola gabbia.

– Sei sola? – mi ha chiesto.
– Sì.

L'ho visto, e sono rimasta di sasso.

– Hai portato i soldi?

– Sono in questa busta.

– Dammeli.

Ha preso la busta, l'ha aperta, ha contato rapidamente le banconote e ha detto: – Prendi la gabbia e vattene.

Io mi sono chinata vicino alla gabbia e ho cercato di aprirla. Il tipo però si è piegato anche lui e mi ha detto: – Fila via!

Nel dir questo, però, ha sfiorato la gabbia con la mano destra. Alice ha allungato una zampa e gli ha graffiato il dorso.

– Ah, maledetta! – ha esclamato rabbioso il rapitore, che ha recuperato i soldi che gli erano sfuggiti ed è corso via perdendosi nella campagna intorno al cimitero.

Maledetta. Quella parola era stata pronunciata con la voce vera del tipo che nascondeva il viso dietro il passamontagna, e io l'ho subito riconosciuta.

Allora sono rimasta allibita. Volevo convincermi che mi ero sbagliata. Ma ero più che sicura di conoscere a chi apparteneva.

Tremando, ho fatto uscire Alice dalla gabbia e l'ho abbracciata.

– Oh, Alice, Alice! Sei di nuovo con me. Sei di nuovo mia – ho ripetuto piangendo.

In quel momento ho sentito rombare l'auto di mio padre, e pochi secondi dopo, lui e Tazio erano al mio fianco.

– Tutto a posto, Valentina? – mi ha chiesto mio padre prendendomi il viso tra le mani.

– Sì, è tutto finito.

– Perché non sei tornata subito indietro?

– Mi sono fermata a tranquillizzare Alice. Stava troppo male in quella gabbia.

– Hai visto in faccia il rapitore? – mi ha chiesto Tazio.

– No, aveva un passamontagna sul viso.

– Su, andiamo – ha detto mio padre. – Tua madre si starà preoccupando.

Mentre tornavo a casa, ripensavo alla voce che aveva pronunciato quella parola. No, non era ancora finita, purtroppo. Ma volevo regolare da sola la faccenda, senza parlarne né con mio padre, né con Tazio, né con nessun altro.

Almeno per il momento.

PERCHÉ L'HAI FATTO?

Stamattina, mentre andavo a scuola, ero molto emozionata.

– Valentina, sei stata magnifica – mi ha detto Ottilia.

– È andata come speravo.

– Sei sicura di non avercela con me perché non ti ho accompagnata? Quando ne ho accennato a mio padre, mi ha detto che non provassi a mettere il naso fuori dalla porta. Inoltre ha aggiunto che, se tuo padre ti mandava allo sbaraglio, era un incosciente. Mi raccomando, non riferire queste parole a tuo papà. Il mio ragiona come un antidiluviano e devo tenermelo buono perché mantenga la promessa di mandarmi a Zurigo. Però mi dispiace di non esserti stata vicina in un momento come questo. Valentina, sono sempre la tua migliore amica?

– Naturalmente, Ottilia.

Ringo è arrivato alle nove, e il maestro gli ha detto: – Ringo, lo sai che non mi formalizzo troppo. Però cerca di arrivare in orario come gli altri.

– Va bene, va bene – ha borbottato Ringo. E, a testa bassa, e con le mani in tasca, è andato a sedersi al suo posto.

Durante l'intervallo, siamo scesi in cortile. Ringo non è andato a giocare a pallone con i suoi compagni e si è trattenuto da solo vicino alla buca della sabbia.

Io l'ho raggiunto e gli ho chiesto: – Come sta tua nonna?

– Bene – mi ha risposto con un tono scorbutico.

– Mi piacerebbe venire a trovarla di nuovo.

– Forse lasceremo il campo e andremo in un'altra città.

– Come mai?

– Così.

In quel momento, dalla strada, un bambino piccolo ha lanciato una pallina di gomma in cortile. La madre, che lo stava portando a fare una passeggiata, ha chiesto a Ringo: – Me la ridai, per favore?

Ringo, che continuava a tenere le mani in tasca, dapprima ha fatto finta di non sentirla. Ma quando la donna ha ripetuto: – Per favore, ridammela. Se no non riesco a farlo smettere di piangere – Ringo ha tirato fuori dalla tasca la mano destra, ha raccolto la pallina e l'ha lanciata dall'altra parte della cancellata.

– Grazie – ha detto la donna. E si è allontanata con il figlio.

Ringo ha rimesso prontamente la mano in tasca, ma io gli ho chiesto: – Come mai hai il dorso della mano graffiato?

Ringo è diventato un po' rosso e mi ha risposto: – C'era del filo spinato vicino alla roulotte.

– Strano. Mi sono sembrati dei graffi come quelli che a volte mi fa la mia gatta.

– Vado a dare due tiri al pallone.

– Aspetta ancora un po'.

Ringo mi ha guardata con aria interrogativa, e io gli ho chiesto: – Perché l'hai fatto?

– Fatto cosa?

– Ringo... ho riconosciuto la tua voce.

– Non so di cosa parli.

– Io... io non capisco. Non ci volevo credere. Ti ho sempre trattato bene. Per me... per me sei un amico. Sono venuta da tua nonna. Ti ho invitato a casa mia...

– E allora?

– Ringo, perché continui a far finta di non capire? A cosa ti servono tutti quei soldi?

– Abbassa... abbassa la voce – mi ha detto impallidendo e appoggiandosi alla cancellata.

– D'accordo. Ma voglio una spiegazione, per cominciare.

– Lo sa anche tuo padre?

– Non lo sa nessuno. Prima voglio capire.

Ringo si è seduto sull'erba e si è preso la testa fra le mani.

– Dovevo darli a certe persone – mi ha detto.

– A quali persone?

– Non posso essere più chiaro. Se non glieli davo, avrebbero fatto del male a mia nonna.

– Se ti trovavi nei pasticci, perché non ne hai parlato col maestro? Lui avrebbe potuto aiutarti.

– Nessuno può aiutarmi.

– Sciocchezze. Il maestro avrebbe saputo consigliarti. Lui non si tira mai indietro.

Ringo ha stretto la bocca e si è messo a strappare nervosamente dei fili d'erba.

– E tua nonna, lo sa dei guai in cui ti trovi? – gli ho chiesto.

– No, e non deve saperlo.

– Dove sono finiti tutti i soldi che ti ho dato?

– Li ho consegnati stamattina a quelle persone, prima di venire a scuola.

– Come hai fatto a rapire Alice?

– Ero dalle tue parti quando tuo fratello l'ha lasciata andare nell'erba. Le ho dato un pugno in testa, l'ho stordita e l'ho portata via.

– Povera Alice. Perché hai pensato proprio alla mia gatta?

– Perché quella volta che sono venuto a casa tua, ho visto quanto tenevi a lei. Mi dispiace, io non volevo. Ci sono stato costretto.

Piegato su se stesso, Ringo mi è sembrato di colpo un bambino piccolo. Ero infuriata con lui. Ma ho pensato a sua nonna e all'eventualità che le facessero veramente del male.

Allora mi sono un po' calmata e gli ho ripetuto: – Devi parlarne col maestro. Non puoi farla passare liscia a quelli che ti costringono a fare queste cose. E se ti chiedono altri soldi, che farai? Rapirai un'altra gatta? O andrai a rubare? E il pugno a chi lo darai la prossima volta? A un bambino? A un vecchio?

Ringo mi ha guardata con gli occhi rossi, ma io non mi sono fatta smontare e gli ho detto: – Ne parleremo insieme col maestro. Sono certa che una soluzione la trova. E magari riusciamo a recuperare anche i miei soldi.

CHE FARE?

Oggi pomeriggio Ringo e io siamo andati a casa del maestro. Il maestro ci ha fatti accomodare nel suo studio, si è seduto tra me e Ringo e, rivolto a Ringo, gli ha chiesto: – E se mi raccontassi tutto?

Ringo sembrava non aspettare altro, e ha cominciato a parlare. Ha detto che una sera aveva rubato ai suoi amici alcune dosi di droga e poi, per la paura, se n'era sbarazzato buttandole in un cassonetto dell'immondizia. Quelli però se n'erano accorti, avevano capito che era stato lui e lo avevano obbligato a rimborsare loro tutto il denaro perso. Da qui era nata l'idea del rapimento di Alice.

– Se non gli davo i soldi, minacciavano di bruciare la roulotte dove vivo con mia nonna – ha concluso.

– Quanti anni hanno questi cosiddetti amici? – gli ha chiesto il maestro.

– Quasi venti.

– Ed è finita qui la tua disavventura con loro?

– Purtroppo no. Dicono che quei soldi non bastano e che ne vogliono altrettanti. E io non so come fare.

– So io come fare – ha detto il maestro. – Di' loro che la smettano di chiederti altro denaro, oppure li denunciamo. Fai pure il mio nome.

– Non posso. Ci bruceranno la roulotte.

– Ma non puoi continuare a inventarti rapimenti o a progettare furti per arricchire dei delinquenti.

Ringo ha chinato la testa e ha detto: – Me lo diceva sempre mia nonna, di stare lontano da quelli. Ma avevano sempre tanti soldi, e io volevo averne tanti come loro.

– Non hai nemmeno dodici anni, Ringo. Dovresti stare con i ragazzi della tua età.

– Che cosa devo fare?

– Quello che ti ho detto.

– Va bene, lo farò.

– Fammi sapere subito come reagiscono. Telefonami o vieni a casa mia. Se necessario, andremo insieme al commissariato.

– E chi proteggerà mia nonna?

Quando siamo andati via, Ringo mi ha detto: – Mi dispiace per i tuoi soldi. Non credo che potrai recuperarli.

– E chi lo sa?

– Quella è gente cattiva.

– Come mai non l'hai capito subito?

– Te l'ho detto. Volevo avere anch'io tanti soldi.

– Non si diventa ricchi con i loro metodi.

– Io ho sempre vissuto in una roulotte. E

poi i soldi non li volevo solo per me. Volevo darli anche a mia nonna.

– Tua nonna ti vuole bene anche così.

– Lo so. E quando verrà a sapere di questa faccenda, chissà come la prenderà.

– Fa' come ti ha detto il maestro. E vediamo cosa succede.

– Devi odiarmi.

– Un po'.

– Ho sempre dato da mangiare ad Alice. Ma sembrava che avesse perso l'appetito.

– Succede a tutti i prigionieri.

UNA BOMBA INCENDIARIA CONTRO LA ROULOTTE

Ieri Ringo non è venuto a scuola e oggi, leggendo il giornale, abbiamo scoperto perché. La roulotte dove viveva con la nonna è stata incendiata durante la notte.

Il giornale diceva che sia Ringo, sia la nonna, si erano salvati con pochi danni. La gente del campo si è accorta dell'incendio appena è scoppiato, e nonna e nipote sono adesso ospiti di un'altra famiglia.

Il maestro è andato subito al campo, io ci sono andata all'uscita dalla scuola, dopo averne parlato con mia madre.

– Sapevi che era stato lui a rapire Alice? – mi ha chiesto.

– Sì, ma non volevo dirlo a nessuno. La nonna ha bisogno di Ringo. E se la polizia fosse venuto a saperlo, forse avrebbero portato via suo nipote.

– Noi però avevamo il diritto di saperlo.

– È vero. Mi dispiace di avere taciuto con te e papà.

Al campo ho trovato il maestro e ho saputo con precisione cos'era successo.

Ringo aveva fatto come gli aveva suggerito il maestro, ed era stato punito con una bomba incendiaria lanciata contro la roulotte.

Sua nonna, che non sa niente, ha continuato a chiedere: – Chi può averci fatto questo? E perché?

Io però penso che abbia indovinato qualcosa. Non è stupida e deve aver capito che suo nipote c'entra in qualche modo con quello che è successo.

Infatti, quando il maestro è uscito dal campo e si è appartato con Ringo, mi ha detto: – Mio nipote deve aver combinato qualche guaio grosso. E questo deve essere stato un avvertimento. Povero Ringo, è ancora un ragazzo. Spero che sia ancora in tempo a salvarsi. Tu non hai niente da dirmi, Valentina?

– Ringo non è cattivo.

– Lo so, ma non basta. Stasera gli parlerò.

Sono andata via dal campo insieme al maestro.

– Forse bisognava aspettarselo – mi ha detto. – Anche se non pensavo a una reazione del genere. Dopodomani si parte per Zurigo e credo che sia un bene per Ringo. Per qualche giorno starà lontano da quella gente, e al ritorno speriamo che le cose siano più tranquille.

– Stasera dirò a mio padre quello che è successo. Sono certa che non denuncerà Ringo.

A cena, mio padre mi ha detto: – Valentina, sono accadute troppe cose in questi giorni. E non mi sembra giusto dare per persi quei soldi, visto che sappiamo chi ce li ha tolti.

– Che cosa vuoi fare, papà?

– Dovresti dirmelo tu.

– Io non vorrei fare del male a Ringo e a sua nonna.

– Dobbiamo aspettare che succeda a qualcuno dei tuoi compagni quello che è successo a te?

– Credo che Ringo ormai non combinerà altri guai. Questa volta ha imparato la lezione e seguirà i consigli del maestro e della nonna.

– Lo spero. Ma voglio fare una chiacchierata con lui quando torna da Zurigo.

TUTTO PRONTO PER ZURIGO

Credo di avere due genitori meravigliosi. Non so se in un'altra famiglia la storia del rapimento di Alice sarebbe finita così. Papà è molto seccato, si capisce. Due milioni per noi non sono una bazzecola. Ma non farà nulla per mettere nei guai Ringo. Ha voglia di parlargli e di fargli una ramanzina come si fa con un ragazzaccio. E, sinceramente, mi sembra il minimo. Dopotutto, ciascuno deve assumersi le sue responsabilità. Anche Ringo, nonostante non abbia nemmeno dodici anni.

Ma ora non voglio più pensarci. Adesso ho in mente Zurigo e non vedo l'ora di partire.

– Come saranno questi bambini italiani che andiamo a trovare? – ha chiesto Ottilia al maestro.

– Ve l'ho già detto. Sono bambini nati per lo più in Svizzera da genitori italiani. E alcuni imparano la nostra lingua come se fosse una lingua straniera. Perciò sarà molto interessante, dopo averli conosciuti, corrispondere con loro.

– Spero che potremo anche andare un po' in giro e vedere tante cose nuove – ho detto io.

– Ne vedremo parecchie, Valentina. Adesso studiamo l'itinerario del viaggio.

Ottilia è venuta a casa mia e, insieme, abbiamo cercato su Internet notizie su Zurigo e sulla Svizzera.

– Partiremo da Torino Porta Susa, cambieremo a Milano, attraverseremo la frontiera a Chiasso, passeremo per Lugano e Bellinzona. Dopo il San Gottardo, entreremo nella Svizzera tedesca – ho spiegato a Ottilia.

Con Tazio mi sono sentita per telefono dopo cena.

– Hai tutto pronto? – gli ho chiesto.

– Sì. Mia nonna ha già preparato la valigia. Sostiene che è meglio non fidarsi delle previsioni. Perciò ha messo in valigia un paio di maglioni di lana e persino una sciarpa.

– Anch'io ho già pronta la valigia. Se vuoi, per andare in stazione posso offrirti un passaggio. Mio padre mi porta in auto prima di andare al lavoro.

– Accetto l'invito. Ricorda che bisogna essere in stazione per le sei.

– Lo so. Aspettaci per le cinque e mezza. A quell'ora non c'è traffico, e mio padre dice che ce la facciamo comodamente ad arrivare in tempo.

UNA CORSA ALL'EDICOLA

Alla stazione eravamo tutti mezzo assonnati, e sembrava che le mamme stessero salutando dei bambini di cinque anni.

– Non raffreddarti.
– Non allontanarti dal maestro.
– Attento a quando attraversi la strada.
– Non mangiare troppo cioccolato.
– Telefonami tutte le sere.
– Se stai male, vengo subito a prenderti.

Come se Zurigo fosse dietro l'angolo!

Mio padre mi ha detto: – Goditi questi quattro giorni, Valentina. E chiedi al maestro di farvi andare in battello sul fiume Limmat. Ne vale la pena. Per il resto, riguardati.

– Ciao, papà. Dopo essere andata in Cornovaglia, non ho più paura di niente.

– Un po' di paura è sempre bene averla. Serve a non mettersi nei guai.

Fino a Milano, il viaggio non è stato un granché. A parte le risaie tra Vercelli e Novara , non c'era molto da vedere.

– Vogliamo la Svizzera, vogliamo la Svizzera! – si è messo a urlare a un certo punto Rinaldo.

– Chiudi il becco e lasciami leggere – gli ha detto un passeggero dalla parte opposta del vagone.

A Milano abbiamo cambiato treno.

Enrico aveva una valigia enorme e faceva fatica a tirarsela dietro.

– Dove pensi di andare? In Australia? – gli ha chiesto Ottilia.

– È stata mia madre a riempirla così.

– Prendi il carrello – gli ho detto. – Anzi, prendiamolo insieme. Così ci metto su anch'io la mia valigia.

Il treno per Zurigo era sul binario due e gli scompartimenti riservati a noi erano nel vagone di mezzo.

Il maestro ha aiutato tutti a sistemare in

alto le valigie, poi ha detto: – Adesso rilassatevi. Il treno parte tra dieci minuti.

Io mi sono seduta, ma un paio di minuti dopo ho detto a Ottilia: – Bisogna che scenda. Non ho niente da leggere. Nella fretta, non ho preso nemmeno un cruciverba.

– E che te ne importa? Ci metteremo a parlare e il tempo passerà lo stesso.

– Impossibile. Io ho assolutamente bisogno di avere a portata di mano qualcosa da leggere. Vado a comprare un giornalino. L'edicola è in testa al binario.

– Non fare la stupida. Il treno sta per partire. E poi il maestro non ti lascia scendere.

– Non mi farò vedere. Torno subito.

– Valentina...

Ma io ho stretto il portafoglio, sono scesa dal treno e sono corsa verso l'edicola.

C'era molta gente, ma mi sono infilata in mezzo, ho preso il giornalino, ho pagato e sono schizzata via.

Quando sono arrivata in testa al binario, le porte del treno si stavano chiudendo.

«Oddio, adesso se ne vanno e mi lasciano qui!» ho pensato con terrore.

Ottilia era affacciata al finestrino, si sbracciava e l'ho sentita che gridava: – Valentina è rimasta a terra! Valentina è rimasta a terra!

Il controllore, due carrozze più avanti, stava per salire in quel momento.

– Mi aspetti, mi aspetti! – ho urlato con quanto fiato avevo in gola.

– E tu da dove arrivi? – mi ha chiesto abbassando la mano che stava per dare il segnale di partenza. – Salta su, salta su.

Sono arrivata da Ottilia col cuore che batteva a cento all'ora, e il maestro era fermo sulla soglia dello scompartimento col viso in fiamme.

– Valentina, cosa mi combini? Perché non mi hai chiesto il permesso prima di scendere?

– Mi dispiace... Scusa...

– Ci è andata bene. Ma è meglio non provarci un'altra volta, d'accordo?

– Non lo farò più.

Ottilia mi ha detto: – Sei matta?

Io mi sono accasciata su un sedile e le ho detto: – Adesso sta' zitta… e fammi riprendere fiato.

Il treno stava uscendo dalla stazione, ho chiuso gli occhi e ho provato a immaginarmi che cosa avrei fatto se fossi rimasta sola a Milano.

UNA VILLA DA SOGNO

– Che cosa leggi? – mi ha chiesto Ottilia.

– Le avventure di un pilota.

– Io non ce la farei a leggere con questa eccitazione.

– Tra poco comincerò a guardare fuori. Dovremmo essere vicino a Como.

A Como siamo arrivati quasi subito e cinque minuti dopo eravamo a Chiasso, "stazione di confine", come ha detto il controllore attraverso l'altoparlante.

Sono salite guardie italiane e svizzere, e una di loro era accompagnato da un cane. Era un bel cane, e quando si è affacciato nel nostro scompartimento, si è messo ad annusare lo zainetto di Enrico.

– Ciao, ragazzi, dove andate? – ci ha chiesto l'uomo che teneva il cane al guinzaglio.

– A Zurigo – ho risposto io.

– Allora avete un bel viaggio da fare. È la prima volta che venite in Svizzera?

– Sì – abbiamo risposto in coro.

– Sono certo che vi piacerà.

Allora gli ho chiesto: – Perché è salito sul treno col cane?

– Ah, lui è un amico. Ha un bel fiuto e annusa subito se ci sono sostanze illegali in giro. Vieni, Stock. Buon viaggio e buona permanenza in territorio elvetico, ragazzi.

L'uomo si è allontanato dopo averci fatto un saluto militare, e Ottilia, rivolgendosi a Enrico, gli ha chiesto: – Non è che avrai delle sostanze illegali nel tuo zaino? Stock non la smetteva di annusarlo.

– È probabile che gli piaccia il panino col prosciutto o quello con la fontina – le ha risposto Enrico.

– A proposito, quando si mangia? – ha chiesto Ottilia.

– Prova a resistere fino a mezzogiorno – le ha risposto il maestro, che si è affacciato nel nostro scompartimento.

Quando siamo arrivati a Lugano, Ottilia ha esclamato: – Accidenti che bei posti! Qui sì che mi piacerebbe passare l'estate. Guardate che bel lago.

Il lago di Lugano era davvero delizioso, e sotto il cielo senza nuvole era pieno di riflessi d'oro.

Enrico guardava trasognato le rive e le

case, e Tazio ha detto: – Per vivere da queste parti ci vogliono un sacco di soldi.

– Allora tu potresti – ha osservato Ottilia. – Mi sembra che tu sia abbastanza ricco, no?

Tazio non le ha risposto e Ottilia ha continuato: – Non mi sembra giusto che alcuni abbiano soldi a palate e altri no.

– Io non ho soldi a palate – le ha detto Tazio. – Chi ti ha messo in testa questa idea?

– Parlavo in generale – gli ha risposto Ottilia. E, indicando una villa che si affacciava sul lago circondata da alberi e giardini, ha aggiunto: – Ditemi voi se quella villa non vi fa sognare. Chissà chi ci abita. Forse uno sceicco arabo, uno di quelli che nuotano nel petrolio. Basta, è meglio che non guardi.

Il treno correva, correva. E ora imboccava una galleria, ora serpeggiava tra le montagne e il lago.

Ho notato che ogni volta che il treno entrava in galleria, Enrico chiudeva subito gli occhi, si raggomitolava sul sedile e tremava un po'.

– E se spegnessimo la luce? – ha proposto Ottilia.

– Non ci provare! – ha quasi urlato Enrico.

– Ehi, calma, calma. Non sarebbe la fine del mondo.

Allora mi sono ricordata che una volta Enrico mi aveva parlato della sua paura dei luoghi chiusi, nata dopo essere rimasto bloccato in ascensore.

SOSTA IN GALLERIA

Quando siamo arrivati a Bellinzona, il maestro ci ha detto: – La prossima tappa è il passo del San Gottardo.

Il treno ha cominciato a salire, e presto il paesaggio è diventato montuoso. Ogni tanto si vedeva qualche corso d'acqua alla nostra destra e sui fianchi più alti delle montagne c'erano ancora delle chiazze di neve.

Sui prati, sulle cime delle case, sui pagliai e insomma quasi dappertutto, era issata la bandiera svizzera.

«Devono essere molto orgogliosi della loro nazione» ho pensato.

E quando ho visto delle mucche al pascolo, ho mormorato: – Quelle devono essere le mucche che danno il latte dal quale fanno il formaggio e il cioccolato.

– Cosa hai detto? – mi ha chiesto Ottilia.

– Niente. Guardavo le mucche.

– E cos'hanno di speciale?

– Sono svizzere.

Dopo Airolo, Tazio ha detto: – Stiamo per entrare nel tunnel del San Gottardo.

Enrico ha chiuso gli occhi e si è coperto il viso con le mani. Nello scompartimento eravamo in quattro, e sono stata contenta che non ci fosse Rinaldo. Credo che, guardando Enrico, non avrebbe potuto fare a meno di prenderlo in giro.

Il treno è entrato sotto la galleria e Ottilia ha detto: – Se è lunga sedici chilometri, abbiamo il tempo di farci una dormita.

Io le ho fatto cenno di chiudere la bocca e di stare zitta.

Il treno correva, correva, e nello scompartimento, con l'aria condizionata, è entrato l'odore tipico che si sente in galleria.

Poi, a un certo punto, il treno ha cominciato a rallentare. E alla fine si è fermato.

– Cosa è successo? – ha chiesto Ottilia.

– Ci sarà un semaforo rosso – le ha risposto Tazio. – Tra poco ripartiamo.

Invece non siamo ripartiti. E dieci minuti dopo, una voce dall'altoparlante ha annunciato in quattro lingue: «Signore e signori, a causa di un guasto tecnico, il treno farà una sosta di qualche minuto in galleria. Il servizio dell'aria condizionata è in funzione e non ci saranno problemi nel ricambio dell'aria. Ci scusiamo per l'inconveniente. Il treno ripartirà il più presto possibile».

La sosta, però, si è prolungata. Un quarto d'ora dopo eravamo ancora fermi e io ho pensato alla montagna che avevo sulla testa. Ma siccome si respirava bene, non ero molto preoccupata.

Enrico, invece, a un certo punto ha detto: – Voglio uscire, voglio uscire... Non respiro...

– Ma se l'aria condizionata è in funzione – ha detto Ottilia.

– Mi sento soffocare... Mi sento soffocare... – ha continuato Enrico. E poi, quasi singhiozzando, ha balbettato: – Ho paura... Ho paura...

Io ho chiuso la porta dello scompartimento, affinché gli altri non lo sentissero, e gli ho detto: – Enrico, vedrai che tra poco ripartiamo. Dopotutto siamo su un treno svizzero. Mi meraviglio che sia successa una cosa del genere.

Ma non sono riuscita a farlo ridere.

Enrico si è coperto il viso con le mani e ha cominciato a piangere in silenzio.

Allora Tazio si è seduto accanto a lui e gli ha detto: – Scommetto che soffri di claustrofobia. È successo anche a me da piccolo. Cerca di non pensarci. Siamo quasi alla fine del tunnel.

– Ehi, ehi, parla italiano – gli ha detto Ottilia. – Cos'è questa claustrofollia?

– Ho detto claustrofobia.

– Vabbè, è praticamente lo stesso. Di che si tratta?

– Te lo spiego quando usciamo dalla galleria.

– Non ci credo più che gli svizzeri sono perfetti – ha sbuffato Ottilia. – Quando si decideranno a farci ripartire?

Alla sua domanda ha risposto un cigolio, e il treno si è rimesso in marcia.

– Ah, finalmente! – ha esclamato Ottilia.

Meno di due minuti dopo, eravamo circondati da pini, larici e abeti.

Il personale del treno si è di nuovo scusato, e Ottilia ha detto: – Io mi farei rimborsare almeno una parte del biglietto per il ritardo.

Enrico si è asciugato in fretta gli occhi, e si è messo a guardare fuori.

Io ho tirato fuori il taccuino che Tazio mi aveva regalato prima di andare in Cornovaglia, e ho cominciato ad annotare i nomi delle stazioni che il treno superava una dopo l'altra.

Erano tutti nomi tedeschi e, per la prima volta nel corso del viaggio, mi sono sentita davvero lontana dall'Italia.

I nomi erano strani, pieni di consonanti, e mi davano l'idea di posti ora allegri e vivaci, ora cupi e tenebrosi, ora incantevoli e affascinanti: *Göschenen, Wassen, Erstfeld, Altdorf, Flüelen, Brunnen, Steinen, Arth-Goldau...*

Il treno scendeva, scendeva, e si avvicinava velocemente alla nostra meta.

UNA BELLISSIMA STAZIONE

A Zurigo siamo arrivati poco dopo l'una. Quando il treno si è fermato, il maestro ci ha aiutati a tirar giù le valigie e a scaricarle sul marciapiede della stazione.

– Vittorio dovrebbe essere già arrivato – ha detto. – Vado a cercarlo.

Ma non ha avuto bisogno di allontanarsi. Il suo amico direttore, un uomo alto e robusto, è arrivato a passo di corsa e ha stretto la mano a tutti.

– Benvenuto... benvenuta... benvenuta... benvenuto... – ha ripetuto allegramente.

Quando ha finito di salutarci, ci ha proposto di fare a piedi il breve pezzo di strada che ci separava dall'albergo.

Le valigie e gli zaini non erano in effetti molto pesanti, e un po' storcendo il naso, ci siamo avviati dietro di lui. Solo Enrico

ha dovuto essere aiutato dal direttore, che ha afferrato la sua valigia e gli ha detto:
– Lo sai che starete solo quattro giorni, vero?

Enrico non gli ha risposto e passo passo siamo arrivati in testa al binario.

Qui ho avuto la prima sorpresa. La stazione si affacciava direttamente sulla strada dove circolavano tram e auto, sicché, scendendo dal treno, attraversi la via e sei in città.

Vittorio ha notato la mia sorpresa e mi ha detto: – Questa è una delle stazioni più belle e funzionali che io conosca. E non è tutta qui. Le vedi quelle scale mobili? Ti portano un paio di piani più sotto e ti trovi come in un'altra città, con ristoranti, negozi, librerie eccetera. Spero che avremo tempo per vederla bene. Seguitemi.

Attraversata la piazza, abbiamo superato il ponte sul fiume Limmat.

– Dunque è questo il famoso Limmat! – ho esclamato.

– Famoso per chi? – mi ha chiesto Ottilia. – A me sembra un fiume come un altro. Il Po è molto più grande.

– Il Limmat esce dal lago di Zurigo – ho continuato. – Guarda come sono basse le arcate dei ponti.

Di ponti, infatti, ce n'erano molti lungo il corso del fiume.

Arrivati in prossimità dell'albergo, Vittorio ci ha detto: – Ci siamo. Tra due minuti potrete rinfrescarvi. Avete già mangiato?

– Abbiamo masticato un paio di panini sul treno – gli ho risposto.

– Temo che dovranno bastarvi fino a stasera. Io passerò a prendervi tra un'oretta. I bambini e le insegnanti ci aspettano nella loro scuola.

Vittorio ha parlato in tedesco con una donna che stava alla reception, si è fatto dare le chiavi delle stanze e ha detto al maestro: – Avrete un'ala del secondo piano tutta per voi. Ci vediamo più tardi.

Abbiamo preso l'ascensore e siamo saliti in gruppi al nostro piano. Ottilia e io siamo state le ultime a salire e il viaggio in ascensore lo abbiamo fatto con una ragazza svizzera, che sorridendo ci ha detto: – *Grüezi*.

All'uscita dall'ascensore, Ottilia mi ha chiesto: – Che cosa avrà voluto dire?

– Secondo me era una specie di ciao nella sua lingua.

– Non è che magari ci ha prese in giro?

– Perché avrebbe dovuto farlo?

– Mah, siamo straniere. Inoltre dobbiamo sembrare stravolte...

Quando il maestro ci ha viste, ha detto: – Valentina e Ottilia, camera 25.

OTTILIA PENSA AL FUTURO

Nella camera 25 c'erano due letti.

– Tu in quale preferisci dormire? – mi ha chiesto Ottilia.

– In quello vicino alla finestra.
– D'accordo. Apriamo le valigie.

Ma prima di aprire le valigie, mi sono gettata sul letto e ho esclamato: – Che stanchezza! Non ne potevo più di stare seduta sul treno. Quasi quasi mi faccio una dormita.

– Non hai sentito l'amico del maestro? Ha detto che fra un'ora sarà qui.

Ottilia ha aperto lo zaino, ha tirato fuori un panino e ha detto: – Faccio fuori anche questo. Chissà a che ora si cena, stasera.

Io mi sono alzata dal letto e sono andata nel bagno.

Quando sono uscita, Ottilia mi ha chiesto: – Com'è?

– Non è niente di speciale, ma è pulito. Purtroppo non c'è il bidè.

– Che disdetta, io al bidè non so rinunciare. Cosa c'è, la vasca o la doccia?

– La doccia.

Mentre aprivamo le valigie per sistemare la biancheria e gli altri indumenti nell'arma-

dio e nei cassetti, Ottilia mi ha chiesto:
– Sai cosa sono questi?

Io ho guardato il pacco degli assorbenti che stringeva in una mano, e le ho chiesto:
– A che ti servono?

– Mia madre ha detto che non si sa mai. Nei prossimi giorni potrei averne bisogno. Ma io spero di no. Non vorrei rovinarmi la vacanza.

Sistemata la roba, ho proposto a Ottilia: – Ci facciamo una doccia? Io mi sento tutta appiccicaticcia. Fa caldo come se fossimo in estate e non voglio mettermi a scarpinare con questo sudore sporco addosso.

– Ci sto, ma dobbiamo farla insieme, perché tra qualche minuto verranno a chiamarci.

– È chiusa la porta?

– Vado a controllare.

Ottilia ha dato due mandate con la chiave, ci siamo spogliate e siamo entrate sotto la doccia.

Ne siamo venute fuori sgocciolando per

– Ci facciamo una doccia?

tutta la camera e strette in un asciugamano troppo piccolo.

Mentre mi strofinavo con piacere, Ottilia mi ha detto: – Valentina, è la prima volta che facciamo una vacanza insieme e che dormiamo nella stessa stanza. Sono molto contenta. E tu?

– Sono contenta anch'io, Ottilia.

– Mi giuri che sarai mia amica per sempre?

– Lo giuro.

– Ma quando avremo diciotto anni, come pensi che saremo? Continueremo a volerci bene e a confidarci come facciamo adesso?

– Tu cosa ne dici?

– Io spero di sì. A meno che non si metta un ragazzo di mezzo. Voglio dire, metti che ci innamoriamo dello stesso ragazzo, che cosa faremo? Diventeremo rivali?

– Può darsi.

– Allora dobbiamo fare in modo che non succeda. Ma sono quasi sicura che non succederà. Noi siamo diverse e piacciamo a dei tipi diversi di ragazzi. Non ti pare?

– Ottilia, prima di avere diciotto anni, ce ne vorrà.

– Da un po' mi sembra che il tempo si sia messo a correre più in fretta. Be', lasciamo perdere. Tu cosa ti metti?

– Jeans e maglietta.

Prima di lasciare la camera e raggiungere gli altri, mi sono affacciata alla finestra. Pensavo di trovarmi di fronte le pareti scrostate del retro dell'albergo, invece davanti al mio sguardo stupito c'era il Limmat, che scorreva con le sue acque placide sotto il sole.

DARIO, ANGELA E LO SCHWYZERDÜTSCH

Davanti alla reception ci aspettava Vittorio. Appena ci ha visti, ci ha chiesto: – Siete pronti?

– Sì – ha risposto il maestro.

– Allora seguitemi. I biglietti del tram li ho già.

Il tram era quasi vuoto, e Vittorio ha detto: – Non ci sono molte fermate. Siete riusciti a riposare un po'?

– Io e Valentina abbiamo persino fatto la doccia – ha risposto Ottilia.

– Siete attesi da una trentina di bambini – ha ripreso Vittorio. – Forse li troverete un po' timidi. Ma tenete conto che non parlano l'italiano con la facilità con cui lo parlate voi. Perciò sta a voi prendere l'iniziativa.

Ma Vittorio si sbagliava, almeno in parte.

Quando siamo entrati nella sala dove c'erano i bambini italiani e un gruppo di insegnanti e di genitori, l'atmosfera era molto allegra. Ci siamo subito sparpagliati in giro, abbiamo mangiato pasticcini e bevuto bibite.

Ottilia e io ci siamo messe a parlare con

due bambini che si chiamano Dario e Angela. Sono fratello e sorella e non hanno ancora sette anni. Erano i più piccoli della comitiva ed erano anche i più ciarlieri.

– Come vi chiamate? – ci ha chiesto Angela.

– Io mi chiamo Valentina.

– E io Ottilia.

– E dove abitate?

– A Torino.

– Ci siete anche nate?

– Sì.

– Io sono nata in Calabria. Ma quasi subito sono venuta qui. Per la precisione avevo due anni quando sono arrivata a Zurigo. Anche lui.

– Allora siete...

– Siamo gemelli. Non si vede?

– Non tanto.

Dario si è messo a ridere e ha detto: – Lo dico anch'io. Ma lei dice che ci somigliamo come due gocce d'acqua.

Angela ha alzato le spalle e mi ha chiesto: – Ti piacciono le barzellette?

– Sì.

– Allora te ne racconto una. Parla di Pierino.

La barzelletta la conoscevo, e mi ha sorpreso sentirla raccontare da Angela con un po' di sgrammaticature e qualche parola in dialetto.

– Tu come parli di solito? – le ho chiesto.

– In tedesco, si capisce. Anzi, in *Schwyzerdütsch*, cioè nel dialetto che si parla qui.

– Allora forse mi puoi spiegare che cosa significa *Grüezi*. Questa parola me l'ha detta una ragazza nell'ascensore dell'albergo.

– *Grüezi* si dice quando si vuole salutare qualcuno.

– Vedi, allora ho indovinato – ho detto a Ottilia.

– Vuoi che ti insegni qualche altra parola in *Schwyzerdütsch*? – mi ha chiesto Angela.

– Magari.

Angela parlava gesticolando senza interruzione e a un certo punto le ho chiesto se tornava in Italia, ogni tanto.

– Ci torno tutte le estati – mi ha risposto. – Ho ancora i nonni laggiù. Quando andiamo, ci fanno trovare l'olio buono e la mamma lo usa per condire l'insalata e la pastasciutta. Ti piace la pastasciutta?

– Molto.

– Anche a me. Col sugo, però.

– Sei davvero simpatica, Angela.

– Mio padre dice che parlo troppo.

Verso le cinque, abbiamo lasciato la scuola e abbiamo seguito Vittorio. Abbiamo girato un po' per Zurigo e prima di tornare in albergo siamo passati in una via, la Bahnhofstrasse, dove c'erano quasi soltanto gioiellerie, banche e negozi di moda. In giro non si vedevano bambini e io ho chiesto a Ottilia: – Che te ne pare?

– Mah! Quasi quasi preferisco la periferia dove abito.

PIZZA VALENTINA
E PIZZA OTTILIA

La sera le cose sono andate in modo diverso da come pensavo.

Infatti Vittorio ci ha detto: – Per mangiare cibi svizzeri, per esempio il *Rösti*, abbiamo tempo domani o dopodomani. Che ne dite se stasera mangiamo invece una pizza?

– Buona come quella che fanno da noi? – gli ho chiesto.

– Naturalmente. Seguitemi. Andremo nella Niederdorfstrasse.

Questa via, stretta come i carruggi della Liguria, cominciava proprio vicino all'albergo. E l'abbiamo percorsa quasi tutta prima di arrivare a una pizzeria che si chiamava "La dolce vita".

Nella via c'erano ristoranti di ogni genere, la maggior parte erano asiatici. Molti avevano i tavolini sulla strada, e la gente mangiava piatti complicati e stuzzicanti.

– Guarda quello – mi ha detto Ottilia. – Ci fermiamo ad ascoltare?

Ottilia mi ha indicato un uomo che suonava parecchi strumenti alla volta con la bocca, con le mani e con i piedi.

– È proprio bravo! – ha esclamato Ottilia. – Perché lo fa?

– Per guadagnarsi la cena – le ha risposto Vittorio. – Su, venite. Non sentite un buon profumo di pizza?

Nella pizzeria abbiamo preso posto in vari tavoli. I camerieri parlavano italiano e uno mi ha chiesto: – Italiani di Napoli?

– No, italiani di Torino – gli ho risposto.

– Fa lo stesso. Come la volete la pizza? Margherita, capricciosa, alla rucola… Possiamo inventarne anche una speciale che non esiste.

– E come fate?

– Ci penso io. Tu come ti chiami?

– Valentina.

– Allora ti faccio una "pizza Valentina".

– Può fare anche una "pizza Ottilia"? – gli ha chiesto Ottilia.

– Ma certo, signorina.

Il cameriere è tornato poco dopo con due pizze molto colorate e ha detto: – Questa è la "pizza Valentina", e questa è la "pizza Ottilia". Con i complimenti di Rocco, che sono io, e di Claudio, che è il cuoco. Buon appetito e viva l'Italia.

– Com'è? – ho chiesto a Ottilia dopo che ne ha messo in bocca un boccone filante.

– Buona. E la tua?

– Divina.

– Rocco e Claudio devono essere veramente di Napoli.

– Gli scriviamo un bigliettino per ringraziarli?

– E dove prendiamo la carta?

– Usiamo uno dei tovaglioli.

Quando ho finito di mangiare la pizza, ho tirato fuori dal marsupio una penna, e su un tovagliolo ho scritto: «*Cari Rocco e*

Claudio, le pizze erano buonissime e voi siete molto simpatici. Viva l'Italia!».

– Tieni, firma anche tu – ho detto a Ottilia.

Rocco ha preso il tovagliolo, ha letto quello che avevo scritto, e si è messo a ridere. Infine ha promesso: – Da oggi nel menu entreranno la "pizza Valentina" e la "pizza Ottilia". Sono certo che avranno successo. *Grüezi,* ragazze.

– *Grüezi,* Rocco.

ZURIGO DI NOTTE

Siamo usciti dal ristorante verso le nove e un quarto, e Vittorio ci ha chiesto: – Volete andare subito a dormire?

– No – gli abbiamo risposto.

– Allora seguitemi.

Vittorio ci ha condotti dall'altra parte del

Limmat, siamo arrivati fino a una specie di belvedere e di lì abbiamo potuto osservare un bel panorama di Zurigo.

Le arcate dei ponti sul Limmat erano illuminate da centinaia di luci e il fiume era tutto uno scintillare di riflessi arancioni. L'aria era calma e sembrava una sera estiva.

Al ritorno verso l'albergo, abbiamo costeggiato il fiume. A un tratto, non so perché, ho avuto nostalgia di casa. Chissà che cosa stavano facendo i miei in quel momento? Luca, di sicuro, era già andato a dormire. E anche Alice doveva essersi arrotolata nella cesta dopo aver mangiato.

Mio padre e mia madre, invece, stavano certo aspettando la mia telefonata. E così, appena rientrata in albergo, ho preso la carta telefonica, mi sono fatta ripetere il prefisso per l'Italia, e ho chiamato.

– Pronto, mamma?

– Ciao, Valentina. Perché non hai chiamato prima?

– Siamo stati impegnati tutto il pomeriggio, abbiamo mangiato la pizza e poco fa siamo tornati in albergo.

– Ti stai divertendo?

– Sono molto incuriosita dalle cose che vedo. Un giorno vorrei tornare a Zurigo. Magari con te, papà e Luca.

– Con chi dormi?

– Con Ottilia.

– Quali sono i vostri programmi per domani?

– Vittorio ha detto che in mattinata andremo a Lucerna, per incontrare altri bambini italiani. Poi, nel pomeriggio, torneremo a Zurigo e andremo in battello sul fiume Limmat. Arriveremo fino al lago: sarà bellissimo. Per domani è prevista una giornata stupenda. E lì da voi com'è il tempo?

– C'è stato un forte temporale, e Alice si è rifugiata sull'armadio.

– Non fatele mancare nulla, mi raccomando.

– Ci pensa Luca a lei.

Ho parlato anche con mio padre, poi sono tornata da Ottilia.

– Che giornata! – ho detto. – Sono stanchissima, ma anche soddisfatta. Abbiamo visto e fatto tante cose, no?

– Sì, non c'è male. Hanno anche inventato una pizza con i nostri nomi! Proprio simpatico quel Rocco. Quanti anni pensi che abbia?

– Secondo me almeno venti.

– Di sicuro avrà già la fidanzata.

– Magari ne avrà persino più di una. Buona notte, Ottilia.

– Buona notte, Valentina.

Ho chiuso gli occhi, ho affondato la testa nel cuscino e ho ripensato alla giornata appena trascorsa. Poi ho pensato al fiume che scorreva tranquillo sotto la finestra e, immaginando di essere cullata dalle sue acque, mi sono addormentata.

Poco dopo qualcuno ha bussato energicamente alla porta della camera, e mi sono svegliata di soprassalto. Anche Ottilia è immediatamente balzata a sedere sul letto e ha chiesto: – Chi è?

Con voce camuffata, Rinaldo ha risposto: – Sono Tazio. Mi fate entrare?

Ottilia ha detto: – Che voglia avrei di dargli un pugno sul naso.

Io mi sono infilata sotto le coperte e ho pensato a Tazio che forse già dormiva profondamente nella camera a fianco. Non ci eravamo parlati molto durante la giornata. Ottilia mi aveva per così dire sequestrata e io non avevo scambiato una parola quasi con nessun altro.

Comunque Tazio aveva fatto in tempo a dirmi: – Hai una faccia luminosa e allegra.

E io gli avevo detto: – Lo scriverò sul mio taccuino stasera.

E avevo mantenuto la promessa, anche se ero andata a scrivere nel bagno, per evitare che Ottilia se ne accorgesse.

PERDERSI
IN UN BOSCO

Vittorio è arrivato molto presto in albergo e ci ha detto: – Come sapete, stamattina andiamo a Lucerna, la città più bella della Svizzera.

– Quella che ha i famosi ponti di legno?

– Proprio quella. E i ponti si chiamano Kapellbrücke e Spreuerbrücke.

– Potremo vederli?

– Naturalmente. Ci andremo nel pomeriggio, dopo aver incontrato i bambini di Emmenbrücke e di Sursee, oltre a quelli di Lucerna.

– Che razza di nomi! – ha esclamato Ottilia.

– Invece sono facili da ricordare e da capire – le ha detto Vittorio. – *Brücke* vuol dire "ponte" e *See* vuol dire "lago". Siete pronti?

– Siamo pronti.

– Allora in marcia. Andiamo alla stazione centrale. Binario otto.

Mentre andavamo alla stazione, abbiamo dovuto attraversare molte volte le strisce pedonali. E ogni volta che mettevamo piede sulle strisce gialle, le auto inchiodavano per lasciarci passare.

– Devono succedere pochi incidenti ai pedoni, da queste parti – ho osservato.

– I pedoni sono sacri, come del resto i ciclisti – ha detto Vittorio.

Attraversando il ponte sul fiume Limmat, ho guardato in lontananza, dove c'era il lago, e ho chiesto a Vittorio: – Quando andremo in battello?

– Ho cambiato programma, Valentina. Ci andremo domani.

– Guardate quello, guardate quello! – ha gridato Rinaldo.

E ha indicato un uomo che correva in mezzo al traffico con un monopattino.

– Ah, ne vedrete parecchi – ha detto Vittorio. – Tutti quelli che hanno fiato lo usano per muoversi in città.

La stazione era affollata e il maestro ci ha

raccomandato: – State insieme e non disperdetevi.

– Valentina, credo che l'abbia ricordato per te – mi ha detto Ottilia. – Cerca di non fare come a Milano.

– Qui non ho giornalini da comprare e di tedesco non ci capisco niente.

– Allora stammi vicina e non camminare con la testa per aria. Cos'hai da guardare con tanta meraviglia?

Be', ce n'erano tante di cose da guardare. La gente che arrivava e che partiva, i bambini che facevano i capricci, i ristoranti, le panchine, le scale mobili con le cromature scintillanti, i vagoni dei treni a due piani...

Ed è stato proprio su uno di questi treni che ci ha fatto salire Vittorio.

– Andiamo di sopra, andiamo di sopra – hanno gridato quasi tutti.

Abbiamo fatto a gara a chi si sedeva prima, e una signora ci ha squadrati con un sorriso che in realtà voleva dire: «Siete bambini o selvaggi?».

Il treno è partito pochi minuti dopo e io mi sono messa a guardare fuori. Volevo registrare nella memoria tutti i particolari che vedevo.

– Poi mi racconti punto per punto la tua avventura in Svizzera – mi ha detto zia Elsa quando sono andata a salutarla prima di partire.

– Promesso, zia.

– Valentina, in questi ultimi tempi ti fai desiderare. Perché non vieni a trovarmi più spesso?

– Ho molto da fare, zia.

– Possibile che alla tua età tu sia così impegnata?

Mi dispiace di aver trascurato un po' zia Elsa, negli ultimi tempi. Cercherò di recuperare quando andrò a raccontarle della nostra gita: di Zurigo, del Limmat, di Lucerna e di tutto il resto.

Il treno correva tra boschi di pini, e a me sembrava di entrare ogni volta in un paesaggio da favola.

– Mi piacerebbe passeggiare in uno di questi boschi – ho detto a Ottilia.

– Perché?

– Per perdermici dentro.

– E perché vorresti perderti?

– Per vedere cosa si prova a non sapere che direzione prendere.

– Certe volte mi chiedo come facciamo a essere amiche noi due, visto che abbiamo un carattere così diverso.

– Gli opposti si attraggono, non lo sapevi?

Ottilia ha aggrottato la fronte e ha detto:
– Non metterti a fare la filosofa. Comunque, credo che pur di stare con te sarei anche disposta a perdermi in un bosco.

– Sarebbe interessante, credi a me. Dovremmo pensare a dove dormire la notte, a cosa mangiare per non morir di fame, a come difenderci da eventuali attacchi di bestie selvagge, a come fare per tenerci pulite. Dovremmo usare tutta la nostra intelligenza e abilità. In un bosco non mi servirebbe a nulla saper fare la babysitter o conoscere l'inglese. Ma proprio per questo l'esperienza sarebbe più interessante. Ottilia, bisogna che prima o poi decidiamo di perderci in un bosco.

– Di cosa state parlando? – ci ha chiesto Tazio venendo a sedersi vicino a noi.

– Di un bosco e della voglia di perdersi. Tu che idee hai al riguardo?

– Mi piacciono i boschi.

– Allora un giorno potresti venire a perderti con noi.

– Eh, sì, un maschio potrebbe farci comodo – ha detto Ottilia.

Io ho guardato Tazio, e ho notato che ha dei bellissimi occhi.

Una mezz'ora dopo, Vittorio si è alzato e ci ha detto: – Preparatevi. Stiamo per arrivare a Lucerna.

MADDALENA VUOL TORNARE AL SUO PAESE

Fuori dalla stazione c'erano molti autobus.

– Per andare a Emmenbrücke prenderemo il 2 – ha detto Vittorio. Eccolo là. Seguitemi.

Vittorio camminava di buon passo e noi abbiamo quasi dovuto metterci a correre.

Dalla stazione a Emmenbrücke ci abbiamo messo venti minuti, e abbiamo potuto vedere il Kapellbrücke da lontano.

– È quello il famoso ponte? – ho chiesto a Vittorio.

– È quello.

– È vero che è bruciato quasi tutto alcuni anni fa?

– Sì, è accaduto nel 1993. Ma è stato ricostruito fedelmente.

La scuola dove eravamo attesi era una

specie di prefabbricato, e l'aula dove stavano i bambini era affollata. Anche qui c'erano molti genitori. Vittorio non ha fatto discorsi, e dopo pochi minuti, tutti parlavano con tutti.

Io sono stata attirata da una bambina grassottella che se ne stava sola in un angolo dell'aula, e guardava con occhi pensierosi fuori dalla finestra.

– Ciao – le ho detto. – Come ti chiami?

– Maddalena.

– Io mi chiamo Valentina. Anche tu sei nata qui?

– No, sono arrivata da un anno.

– Non sembri molto contenta.

– Infatti vorrei andarmene oggi stesso.

– Come mai?

– Stavo meglio al mio paese. Qui, alla scuola svizzera, mi trattano come se fossi una scema.

– Ah, sì?

– La maestra dice che non riesco a imparare il tedesco e che forse mi boccia.

Una bambina se ne stava sola...

– È così difficile imparare il tedesco?

– A me non piace. Voglio tornare in Italia.

– Se però i tuoi genitori lavorano qui...

– Potrei stare con mia nonna.

– Quanti anni hai, Maddalena?

– Quasi nove.

– Non hai amici italiani a Emmenbrücke?

– Sì, li ho. Ma tra loro parlano *schwyzerdütsch* e io mi sento esclusa.

– Hai voglia di scrivermi quando torno in Italia?

– E cosa ti dico?

– Quello che ti pare. Io poi ti rispondo. Dai, andiamo a mangiare i pasticcini prima che li facciano fuori tutti.

– No, grazie. Sono già troppo grassa e non voglio diventare una bomba.

– Chi c'è con te?

– Mia madre. È quella signora laggiù.

Più tardi sono andata a salutare la madre di Maddalena.

– Buongiorno, signora. Come si trova a Emmenbrücke?

– Abbastanza bene. Solo Maddalena, purtroppo... Spero che le passi presto la nostalgia dell'Italia. Tu da dove vieni?

– Da Torino.

– Ti auguro di non dover mai andare all'estero per lavoro.

– A me piace girare il mondo.

– Un conto è girarlo per piacere, un conto per necessità. Mio marito è dovuto partire perché nel nostro paese non c'era niente da fare per lui. Per Maddalena, però, è stato uno strazio. Io pensavo che prima o poi si sarebbe rassegnata. Ma è passato un anno e continua a essere malinconica come quando è partita.

– Mi ha promesso che mi scriverà, quando torno in Italia.

– Mi sembra una bella idea. Io adesso devo andare, perché ho un bambino piccolo a casa. Come ti chiami?

– Valentina.

– Mi sembri una ragazzina a posto. Se torni da queste parti un'altra volta, ti ospito volentieri a pranzo.

– E cosa mi darebbe da mangiare?

La mamma di Maddalena ha sorriso e mi ha risposto: – Pastasciutta, naturalmente. Ma quella buona, con la salsa fatta in casa.

I PROGETTI DI ROSARIA

– E adesso di corsa a Sursee – ha detto a un certo punto Vittorio.

– Secondo me stiamo correndo troppo – ha detto Ottilia. – Preferivo restare a Lucerna e passeggiare tranquilla.

A Sursee, però, abbiamo avuto un bell'incontro con dei ragazzi più grandi di noi. Erano nati quasi tutti in Svizzera e molti avevano anche i nonni qui.

Io ho adocchiato una ragazza che aveva i capelli biondi come i miei, ma non ho avuto il coraggio di rivolgerle la parola. Lei però si è accorta del mio sguardo, è venuta a stringermi la mano e mi ha chiesto: – Ti piace la Svizzera?

– Sì. Ci sono dei bei paesaggi – le ho risposto.

– A me dei paesaggi non importa proprio niente. Però i miei guadagnano molti soldi, io posso avere quello che voglio e qui sto bene.

– Sei nata in Svizzera?

– Sì.

– Parli bene l'italiano, però.

– I miei ci tengono che lo impari. Anche perché contano di tornare al loro paese. Stanno costruendo una casa nuova, e quando sarà finita, partiranno. Ma io non li seguo di certo. Non voglio andare a rinchiudermi in un paese di poche anime dove hanno idee così arretrate.

– E cosa hai intenzione di fare? Resterai in Svizzera da sola?

– Ho una zia che mi vuole bene. Farò di tutto per restare con lei. Il mio futuro è qui.

Ma i miei genitori hanno la testa dura e non lo vogliono capire. Che se la tengano pure la loro casetta al paese. Io voglio la libertà e l'avrò. A scuola sono brava e i professori mi dicono che farò strada.

– Come ti chiami?

– Rosaria. E tu?

– Valentina.

– Come ti trovi in Italia?

– Bene.

– Se fossi nata in un paese sperduto della Sicilia, non lo diresti. Comunque per noi le cose sono andate così, e io mi considero anche fortunata. Dato che il direttore ci ha proposto di scrivervi, hai voglia di corrispondere tu con me?

– Volentieri.

– Quanti anni hai?

– Quasi dieci e mezzo.

– Io ne ho compiuti tredici il mese scorso. Guarda che nelle mie lettere troverai un sacco di errori, però. Io l'italiano lo parlo, ma non sono abituata a scriverlo.

– Non preoccuparti. Non è importante.
– Hai già il ragazzo, Valentina?
– No.
– Io sì. Si chiama Max e gli voglio un bene matto. Se tornassi in Italia, perderei anche lui. Scherziamo? Io un giorno Max forse lo sposo. Allora ci sentiamo. Adesso ho una lezione di nuoto e devo scappare.
– Ciao, Rosaria.
– Ciao, Valentina. Se torni a Sursee, ti faccio vedere delle cose carine.

RAGNI E PONTI

– Non vorremmo ripartire senza mangiare! – ha esclamato Ottilia quando siamo usciti dalla scuola di Sursee.
– Tranquilla, tranquilla – le ha detto Vit-

torio. – Prima di metterci a girare per Lucerna, ci riempiremo la pancia a dovere.

Per mangiare, siamo andati a infilarci in un self-service dove ciascuno ha potuto servirsi come voleva.

– Chi era la ragazza con la quale ti sei messa a parlare? – mi ha chiesto Ottilia tra un boccone e l'altro.

– Si chiama Rosaria. Credo che ci scriveremo.

– Io ho parlato con un ragazzo che si chiama Antonio. Era molto simpatico e ha voluto insegnarmi delle parole in tedesco. Ma ci ha rinunciato subito, perché ai suoni del tedesco io sono allergica. Dice che forse mi scriverà.

Ottilia ha masticato un pezzo di carne e ha detto: – Credo che presto diventerò vegetariana. Non mi va di mangiare la carne degli altri, anche se sono animali.

Vittorio ha parlato tutto il tempo con il maestro e a un certo punto ho sentito che gli chiedeva: – Pensi che i tuoi alunni stiano vivendo bene questa esperienza?

– Credo di sì – gli ha risposto il maestro.
– Li vedo attenti, curiosi e con tanta voglia di fare domande ai loro coetanei.

– L'ho notato anch'io. Adesso però facciamoli rilassare e andiamocene in giro per Lucerna. – E, rivolto a noi, ha detto: – Scommetto che adesso, con la pancia piena, volete andare a riposarvi.

– Noooo, per niente! – ho risposto io per tutti.

– Allora in piedi, e seguitemi.

Prima che arrivassimo al Kapellbrücke, Vittorio ci ha detto: – Attraverseremo il ponte da un capo all'altro. Per 200 metri avrete sotto i piedi un'opera importante. Il ponte è proprio alla confluenza tra il Lago dei quattro Cantoni (o lago di Lucerna), e il fiume Reuss. Ah, quella che vedete al centro, è la torre dell'acqua.

Quando ho messo piede sul ponte coperto di legno, ero un po' emozionata. Dunque era questo il famoso Kapellbrücke di Lucerna. Quando leggi i nomi sulle carte geografiche, e poi vedi con gli occhi e tocchi con mano le cose alle quali corrispondono, è come se si realizzasse un sogno.

Ho toccato le spallette del ponte, e ho cercato di imprimermi nella memoria la sensazione che producevano sui polpastrelli delle mie dita.

– Ottilia, non ti sembra una meraviglia?

Ma alla mia domanda, Ottilia ha risposto con un urlo.

– Che schifo, che schifo! – ha gridato. – Ho un ragno tra i capelli! Valentina, ti prego, aiutami, caccialo, uccidilo! Oddio che schifo, che schifo!

Ottilia è più alta di me, e aveva infilato la testa in una grande ragnatela tessuta da un ragno fra una trave e l'altra del ponte.

Ottilia ha un vero terrore dei ragni, e l'ho aiutata a liberarsi dai filamenti di ragnatela che erano rimasti impigliati tra i suoi capelli.

– Calmati – le ho detto. – Il ragno non c'è. Eccolo là, si sta rifugiando tra quelle travi proprio in questo momento.

– Ne sei sicura? Ne sei sicura?

– Ma sì che lo sono. Hai solo un pezzo del suo capolavoro tra i capelli.

– Capolavoro? I ragni sono schifosi. Non voglio avere nulla a che fare con loro. Dio, che orrore! Sei certa che non sia nascosto in qualche punto della mia testa? Per favore, controlla, controlla bene. Mi sembra di sentirlo camminare tra i miei capelli. Forse sta cominciando a succhiarmi il sangue. Qui... qui... anzi lì. Lo vedi? Lo vedi?

– Ottilia, cerca di darti una calmata. Il ragno non c'è, ti dico.

– Ma perché è capitato proprio a me?

– Cammina nel centro del ponte e vedrai che non ti succede di nuovo. Guarda, ci sono altre ragnatele in quegli angoli.

– Ma che razza di ponte è questo? Il ponte delle ragnatele? È così che tengono puliti i loro capolavori gli svizzeri?

Ottilia ha continuato a grattarsi i capelli, mentre io osservavo il lago di Lucerna circondato dalle montagne. Se il ponte era bruciato di notte, chissà che luce sulle acque del fiume e del lago!

– Vi è piaciuto? – ci ha chiesto Vittorio quando siamo arrivati all'altro capo del ponte.

– No – ha risposto Ottilia sottovoce.

– E adesso andiamo allo Spreuerbrücke. Guardate bene i quadri che sono esposti lungo il ponte. Raccontano una danza macabra. Qualcuno è interessato al soggetto?

– Io – ha risposto Rinaldo. – Le danze macabre sono il mio forte.

– Bravo – ha detto Vittorio. – La morte affascina molti.

– Me no di sicuro – ha detto Ottilia. E, guardando Rinaldo, ha aggiunto: – Quello lì è fuori dal mondo.

Quando abbiamo cominciato ad appoggiarci ai muri per la stanchezza, Vittorio ha detto: – Giornata piena, oggi. Sarà meglio concluderla. Andiamo a prendere il treno e torniamo a Zurigo. Seguitemi.

TROPPE EMOZIONI PER OTTILIA

Alle otto e mezza eravamo alla stazione di Zurigo.

– Fermiamoci a mangiare qui – ha proposto Vittorio.

E ci siamo trascinati all'interno di un ristorante dove, per mangiare, bisognava sedersi su degli alti sgabelli. Sul banco c'era poco spazio, ma le ragazze che servivano sono riuscite a farci stare un *Rösti* servito in padella e un panino.

Abbiamo mangiato in fretta e siamo tornati in albergo.

– Buona notte – ha detto Vittorio. – Domani mattina incontreremo a Zurigo i bambini che vengono da Schaffausen, Dietikon e Glarus. Nel pomeriggio, invece, prenderemo la metropolitana e andremo a Winterthur. Al ritorno, gita in battello sul Limmat e sul lago. Molto rilassante, vedrete.

Arrivate in camera, mi sono gettata sul letto. Ottilia invece è corsa nel bagno, e poco dopo ha gridato: – Valentina, ci sono! Per favore, portami il pacco degli assorbenti. Sono nel primo cassetto dell'armadio.

Quando sono entrata nel bagno, Ottilia mi ha guardata con occhi spalancati.

– Mia madre aveva visto giusto – ha detto. – Dai, aprilo e tirane fuori uno.

– Sai come si usano?

– Sì.

Quando siamo uscite dal bagno, ho abbracciato Ottilia e l'ho tenuta stretta a lungo. Adesso mi sembrava più grande di me.

– Sarà meglio andare a letto – ha detto Ottilia. – Oggi di emozioni ne ho avute fin troppe. Secondo me è stata la paura del ragno che ha accelerato le cose. Be', ormai è fatta. Adesso voglio dormire e basta.

– Io invece voglio chiamare i miei.

– Vai pure. Ma quando torni, è probabile che sia già nel mondo dei sogni.

Al telefono ha risposto mio padre.

– Come va, Valentina?

– Va tutto bene, papà. Ma stasera ho nostalgia di casa.

– Come mai?

– Non lo so. E la mamma?

– È di là in cucina. Ti sta piacendo Zurigo?

– Domani andremo in battello sul lago.

– Meraviglioso. E dove prenderete il battello? A Bürkliplatz?

– Ah, non lo so proprio. Pensa a tutto Vittorio.

– Ti passo tua madre.

Mia madre mi ha chiesto se ero stanca, se la biancheria mi stava bastando e se non stavo prendendo freddo.

– Fa caldo – le ho detto. – Ma mi sono accorta che in valigia hai messo solo due paia di calzini. Stiamo camminando parecchio e penso che un paio dovrò lavarmeli io.

– Potresti fartene prestare un paio da una tua compagna.

– Hai ragione, potrei chiederlo a Ottilia.

– Come sta la tua amica?

– Bene. Perché me lo chiedi?

– Perché ho parlato con sua madre e mi ha detto che crede... Insomma, le è successo niente di particolare in questi giorni?

– Le è successo poco fa.

– E com'è andata?

– Bene. Le ho dato io una mano.

– Tu sei sicura di star bene?

– Sto benissimo. E Alice?

– Si è impadronita del tuo letto, e la notte tiene compagnia a Luca.

– Ti voglio bene, mamma.

– Anch'io, Valentina.

– Adesso devo riattaccare.

– Buona notte, tesoro.

– Buona notte, mamma.

Quando sono tornata in camera, Ottilia era ancora sveglia.

– Ho meno sonno di quello che pensavo – mi ha detto.

Io mi sono spogliata, ho messo il pigiama e mi sono infilata a letto.

A un certo punto Ottilia mi ha detto:
– Mi sento un po' sola. Posso venire da te?

Quando Ottilia si è sdraiata di fianco a me, sono quasi finita fuori dal letto. Ma non ho avuto il coraggio di dirle che tornasse nel suo. E poco dopo ci siamo addormentate.

LONTANI DA CASA, PER CAMBIARE

Quando mi sono svegliata, Ottilia era già in piedi.

– Ho fatto la doccia e sono pronta – mi ha detto. – Hai dormito bene?

– Sì.

– Ho una fame! E tu?

– Anch'io. Com'è la giornata?

– Ci sono un po' di nuvole. Non so se spariranno o se porteranno la pioggia.

– Speriamo di no. Mi dispiacerebbe che saltasse la gita sul lago.

Ho sbadigliato un paio di volte, infine mi sono alzata e sono andata nel bagno a piedi nudi.

La doccia mi ha svegliata del tutto e quando sono tornata in camera, ho chiesto a Ottilia: – Hai per caso un paio di calzini da prestarmi?

– Sì, ne ho almeno cinque paia di scorta.

Alle otto eravamo nella sala adibita al servizio della colazione. Mi sono seduta con Ottilia in un angolo vicino alla finestra, e ho potuto osservare con comodo i miei compagni che mangiavano pane burro e marmellata, e che bevevano latte e succo d'arancia.

Mi sembravano così diversi da come sono a scuola. Ringo non aveva la faccia ingrugnata e parlava volentieri con gli altri. Rinaldo aveva cercato di fare lo stupido solo la prima sera. Poi si era calmato e non lo avevo più sentito raccontare storielle volgari. Anche Enrico era più sereno. Parlava con Tazio e Gianni, ma sembrava aver fatto amicizia anche con Giulia e Flavio. Quanto a Gianni, non lo avevo mai visto così vispo e allegro.

– La gita a Zurigo ci sta cambiando – ho detto a Ottilia.

– Me, mi ha cambiata sicuramente.

– Volevo dire che anche gli altri sono diversi. È come se avessero lasciato una parte di sé in Italia e ne avessero scoperta una nuova qui. Forse fa bene allontanarsi da casa ogni tanto.

– Io però comincio ad aver voglia di tornare. Cioè, un po' voglio tornare, un po' no.

– È lo stesso anche per me. Però abbiamo ancora due giorni e vediamo di goderceli fino in fondo. Hai problemi a camminare?

– No. Queste striscioline non si sentono nemmeno.

– Vediamo dove ci porterà Vittorio stamattina.

Vittorio è arrivato mezz'ora dopo. – Tutti insieme alla Casa d'Italia – ha detto.

In questo edificio hanno cominciato ad arrivare i bambini di Dietikon, di Schaffausen e di Glarus.

– Peccato che non possiate venire a Glarus – ha detto un maestro che insegnava lì. – Glarus merita proprio una visita. Se un giorno ci venite, vi faremo assaggiare lo *Schabzieger*.

– Cos'è? – gli ho chiesto.

– Un formaggio alle erbe. Glarus è la patria di san Fridolino, sapete?

Poi i bambini si sono mescolati ai bambini e ciascuno è andato a cercarsi un compagno che sentiva più affine. I maschi si sono messi a parlare di calcio, e sembravano persino più informati dei miei compagni sulle squadre e sui calciatori italiani.

Io invece sono andata a parlare con una maestra.

– Come mai è venuta a insegnare qui a Zurigo? – le ho chiesto.

– Volevo lasciare l'Italia per qualche anno e vedere un luogo diverso.

– Le piace insegnare a questi bambini?

– Sì. È bello vedere gli sforzi che fanno per imparare a esprimersi in italiano. Qui si fa scuola in un modo tutto diverso. Io li faccio prima di tutto parlare. E adesso che potranno scambiare delle lettere con voi, capiranno meglio a cosa può servire scrivere. Cosa pensi di questa esperienza?

– Sto imparando un sacco di cose. Sa, io un giorno vorrei scrivere libri, e il maestro dice che devo cominciare a esercitarmi fin da adesso. Perciò oggi voglio osservare attentamente tutto ciò che vedremo durante la gita sul lago, per poterlo descrivere con precisione.

– Verrò anch'io sul battello con voi.

– Dove ci imbarcheremo? A Bürkliplatz?

– No, c'è una fermata vicina al vostro albergo. Così potrete fare un bel tratto di fiume prima di arrivare al lago.

UNA LETTURA AD ALTA VOCE

A Winterthur siamo arrivati con la metropolitana. E io sono rimasta stupita quando mi sono trovata davanti alla scuola dove Vittorio ci ha condotti col suo passo di marcia.

Più che una scuola, sembrava un palazzo imponente. Quando siamo entrati, abbiamo salito un'elegante scalinata per andare al terzo piano, dove si trovava una grande sala di musica.

La sala era letteralmente gremita di adulti e di bambini, e io mi sono sentita piccola piccola. Questa volta non ci hanno offerto i pasticcini e non c'è stata quasi nessuna occasione di parlare con i bambini. Alcuni di loro avevano preparato un piccolo spettacolo con l'aiuto delle maestre, e così hanno cantato, recitato e suonato persino il piano e il flauto.

– Molto bene, molto bene – continuava a dire Vittorio, che sembrava felice come un bambino per aver organizzato degli incontri che stavano facendo contenti tutti.

A un certo punto, ho proposto al maestro: – Perché non leggi una storia a questi bambini?

– E dove lo trovo un libro adatto, Valentina?

– Ne ho visti alcuni nell'aula della maestra, vicino alla sala di musica. Se vuoi, vado a prendertene uno.

Dopo averne sfogliati tre o quattro, ne ho trovato uno che il maestro ci aveva letto in terza elementare. Era un libro di racconti e ce n'erano un paio che mi piacevano molto.

– Guarda cos'ho trovato – ho detto al maestro.

Il maestro ha preso il libro, e ha detto a Vittorio: – Mi piacerebbe leggere una storia ai bambini.

– Un'idea eccellente – ha detto Vittorio. E, rivolto al pubblico in sala, con voce tonante ha detto: – Il maestro regalerà una lettura a grandi e piccoli.

Nella sala si è fatto immediatamente silenzio, io mi sono seduta per terra vicino a Ottilia e mi sono preparata ad ascoltare il maestro.

Era strano sentirlo leggere a centinaia di chilometri di distanza dalla nostra aula, ed era strano che leggesse a bambini che non erano suoi alunni. Ma la sua voce era la stessa. Un po' più emozionata, forse.

Lo abbiamo ascoltato immobili e zitti, e quando ha finito, siamo rimasti a guardarlo in silenzio. Poi un bambino ha cominciato ad applaudire e gli altri lo hanno imitato.

Verso mezzogiorno, tornati a Zurigo, il cielo si è annuvolato e ha cominciato a cadere una pioggerellina insistente.

«Oh, no!» ho pensato. «Adesso salta la gita sul lago.»

– Se non tira vento e l'acqua è tranquilla,

la gita si potrebbe fare lo stesso – ha detto Vittorio.

– Ma sarà una gita grigia!

– Purtroppo.

Mi sono affacciata alla finestra dell'albergo, e ho contemplato una Zurigo un po' tetra e triste.

– Che peccato – ha detto Ottilia, che si è messa al mio fianco e ha cominciato a sospirare.

– Perché sospiri? – le ho chiesto.

– Perché domani si torna a casa. È la prima volta che sono stata lontana dai miei così tanto, e mi sembra di aver goduto di una libertà immensa. E poi questo cielo mi sta intristendo.

Ma abbiamo smesso presto di lamentarci. Verso le quattro le nuvole sono diminuite, il cielo si è aperto ed è uscito il sole.

– Meno male! – ho esclamato.

Vittorio ha telefonato al maestro e gli ha detto: – Tu fai preparare i ragazzi. Io arrivo subito.

SULLE ACQUE
DEL LAGO

L'imbarco non era lontano dall'albergo, e il battello era fermo all'ombra di un platano. Non avevo mai visto un albero così grande. E non era l'unico. Altri costeggiavano la sponda destra del fiume e formavano una specie di tunnel verde su chi passeggiava o se ne stava seduto sulle panchine.

– *Grüezi* – ci ha detto uno dei battellieri, quando siamo arrivati.

– *Grüezi* – ho risposto io.

E sono salita sul battello, con Ottilia attaccata al mio braccio.

– Valentina, e se affonda?

– Ci metteremo a nuotare.

– Tu, magari. Io sono certa che andrei a fondo come un sasso.

– Vieni, andiamo a sederci laggiù.

Il battelliere ha dato un'occhiata all'orologio, poi siamo partiti.

Il battello ha fatto un giro completo su se stesso e ha puntato la prua verso la campata centrale del primo ponte.

Quando Ottilia se n'è accorta, ha esclamato: – Ma ci sfracelleremo!

In effetti, il ponte era molto basso. In compenso, anche il battello era piatto come una chiatta e il tetto di vetro sfiorava le nostre teste.

Quando si è infilato sotto l'arcata del ponte, Ottilia ha gridato: – Attenzione, abbassate la testa!

L'uomo che manovrava il battello si è messo a ridere e, in italiano, ha detto: – Calma, ragazzi, io sono molto bravo.

Era davvero bello scivolare sul fiume, con i platani alla nostra sinistra e i germani reali che sostavano sui bordi delle rive.

– Come ti senti? – mi ha chiesto Ottilia.

– Come se fossi tornata nella pancia della mamma.

– Io mi tolgo le scarpe, chiudo gli occhi e provo a rilassarmi completamente.

Anch'io ho fatto come lei, ma non ho chiuso gli occhi.

Ed eccolo lì il lago di Zurigo, con le sue sponde circondate dalle colline. L'acqua ci circondava da ogni parte ed era a pochi centimetri dal nostro naso.

Ho chiesto a Ottilia: – Ti piacerebbe rinascere?

– Se potessi essere come desidero, sì.
– E come vorresti essere?
– Come quel cigno laggiù.

Ce n'era uno davvero maestoso a una ventina di metri da noi. E quando ha preso il volo, avrei voluto andargli dietro.

Il battello si muoveva pigramente sull'acqua, e la mia testa ha cominciato ad affollarsi di ricordi.

Mi sono ricordata di quando ero piccola, di quando giocavo con la sabbia in riva al mare, di un bambino che mi aveva fatto piangere quando andavo all'asilo, del giorno in cui io e Ottilia ci eravamo giurate eterna amicizia, della prima volta che Tazio mi aveva dato un bacio.

– Avete notato i giochi d'acqua? – ci ha chiesto Vittorio.

No, non li avevo notati. E ho provato a concentrarmi sugli zampilli che uscivano dal lago. Ma mi incuriosivano di più le case e le ville adagiate sui fianchi delle colline.

Sarei mai tornata a Zurigo, un giorno? E con che occhi avrei rivisto questa città, il fiume, il lago, le colline? Sentivo che, a poco a poco, tutto quello che mi circondava si stava depositando come un piccolo tesoro nello scrigno capace della mia memoria.

Il battelliere ha quasi subito invertito la rotta, e abbiamo ripreso la via del ritorno.

All'approdo dal quale eravamo partiti il battelliere ha ripetuto: – *Grüezi* – ma ha aggiunto: – *Schönen Abend*.

Cioè: buona sera.

UN'ALTRA LUNA, UN'ALTRA VALENTINA

Dopo cena, il maestro ci ha detto:
– È la nostra ultima sera a Zurigo.

– Io non ho voglia di andare a dormire – gli ho detto. – Perché non andiamo a piedi fino al lago?

Ottilia e Tazio si sono trovati d'accordo con me, ma gli altri non ne avevano nessuna voglia.

– Ci lasci andare da soli? – ho chiesto al maestro.

– Siete sicuri di non perdervi?

– È impossibile perdersi. Basta seguire il Limmatquai e alla fine si arriva a Bellevueplatz, sul lago.

Avevo studiato bene la cartina di Zurigo, e sapevo di cosa parlavo.

– D'accordo, andate – ha detto il maestro. – Ma entro due ore vi rivoglio in albergo.

– È stata una bellissima idea, Valentina –

mi ha detto Ottilia quando ci siamo avviati lungo il Limmatquai, che poi sarebbe il lungofiume. – Zurigo di notte mi sarebbe mancata. E tu non preoccuparti – ha aggiunto Ottilia rivolgendosi a Tazio. – Rinaldo e i suoi amici sono solo degli scemi patentati.

Rinaldo, infatti, aveva detto a Tazio: – Non sono troppe due damigelle per un cavaliere?

A Bellevueplatz siamo arrivati quasi di corsa. E quando ci siamo affacciati sul lago, sono rimasta senza fiato.

Luci, luci dappertutto e migliaia di riflessi su un'acqua che sembrava un immenso deposito di sogni e di segreti.

– Ahia! – ha gridato Ottilia a un certo punto.

– Cosa ti è successo? – le ho chiesto.

– Ho messo male un piede. E mi fa un male tremendo. Vado a sedermi su quella panchina.

Mentre Ottilia andava a massaggiarsi il piede, Tazio e io ci siamo avvicinati al bordo dell'acqua.

Quando Tazio mi ha preso una mano, gli ho detto: – Guarda, c'è la luna.

Stava sorgendo da dietro una collina e stava per cominciare il suo viaggio sul lago. Era la stessa che a volte vedevo dalla finestra della mia camera. Eppure era diversa. Non era la luna di Torino. Era la luna di Zurigo. Così come io ero un'altra Valentina.

Tazio mi ha stretto più forte la mano e io ho posato la testa sulla sua spalla.

Quando ho riaperto gli occhi, mi è sembrato che fosse passato un tempo lunghissimo. E ho detto: – Non so più dove sono.

Tazio mi ha dato un bacio e ha detto: – È ora di tornare, Valentina.

Abbiamo raggiunto Ottilia che si stava ancora massaggiando il piede sulla panchina e, passo passo, siamo tornati in albergo.

– Non era vero che avevo male a un piede – mi ha detto Ottilia quando ci siamo coricate e abbiamo spento le luci. – A un certo punto mi sono sentita un'intrusa, e ho

La luna stava sorgendo…

pensato che forse ti sarebbe piaciuto stare da sola con Tazio. Buona notte, Valentina. Domani dobbiamo alzarci presto.

– Buona notte, Ottilia.

BUON RITORNO A CASA, RAGAZZI!

Vittorio è venuto ad accompagnarci alla stazione.

– È stato bello avervi qui, ragazzi – ha detto. – Spero che vi portiate dietro dei bei ricordi. Adesso i bambini di Zurigo aspettano le vostre lettere e tra un anno, chissà, potreste tornare a incontrarvi.

Io ho stretto la mano a Vittorio e gli ho detto: – Contaci. Ma solo a patto che ci fai di nuovo tu da guida.

– Sarò sempre qui, Valentina.

Il treno ha lasciato la stazione alle otto precise, e prima che le porte si chiudessero, ho mormorato tra me e me: – *Grüezi,* Zurigo.

Poi mi sono messa a chiacchierare con Ottilia e Tazio.

Ma il pensiero correva a Dario e a Angela, a Maddalena e a Rosaria. Dario e Angela erano felici e non avrei potuto fare nulla per loro. Avrei invece scritto a Maddalena e a Rosaria. A Maddalena per consolarla e a Rosaria per dirle che faceva bene a essere com'era.

Prima di arrivare al passo del San Gottardo, Enrico è venuto a sedersi nel nostro scompartimento.

– Spero che il treno non si fermi di nuovo nella galleria – ha mormorato.

Ma il treno ha corso allegramente, e quando siamo sbucati dal tunnel, c'era un sole accecante.

– Praticamente è come se fossimo di nuovo in Italia – ha detto Ottilia.

Poi è stata la volta di Bellinzona e di Lugano, e infine siamo arrivati a Chiasso.

Le guardie di frontiera sono salite a fare i soliti controlli, e all'uomo che si è affacciato nel nostro scompartimento e ci ha detto:
– Buon ritorno a casa, ragazzi – ho risposto:
– *Grüezi.*

L'uomo mi ha fatto un segno di saluto con la mano e se n'è andato.

Valentina e Alice

Arrivederci
alla prossima
avventura!

INDICE

Lettere anonime e terroristi 11
Un paio di lenti e una barbetta 15
Missione compiuta 19
Fuga all'alba 23
Dolores accetta un altro lavoro 27
Domande al professore 29
È tornato Jack! 33
A Zurigo! A Zurigo! 38
Un calcio a una pietra e...
  un portafoglio 42
In caserma. Quante complicazioni! 46
Una telefonata 51
Il nipote di Oreste 54
Un orecchino che fa litigare 57
Il viaggio-sogno di Ottilia 61
Scatole animate e piene di allegria 69
Dov'è Alice? 75
In giro per il quartiere 79
Alice non si trova 82
Ricatto al telefono 86

*Alle dieci di sera, davanti al
   cimitero* 90
Tenerezza per Tazio 95
Un viso coperto dal passamontagna 98
Perché l'hai fatto? 104
Che fare? 110
*Una bomba incendiaria contro
   la roulotte* 113
Tutto pronto per Zurigo 117
Una corsa all'edicola 120
Una villa da sogno 124
Sosta in galleria 128
Una bellissima stazione 134
Ottilia pensa al futuro 137
Dario, Angela e lo Schwyzerdütsch 142
Pizza Valentina e pizza Ottilia 147
Zurigo di notte 150
Perdersi in un bosco 155
*Maddalena vuol tornare al suo
   paese* 161
I progetti di Rosaria 166
Ragni e ponti 169
Troppe emozioni per Ottilia 175

Lontani da casa, per cambiare 179
Una lettura ad alta voce 184
Sulle acque del lago 188
Un'altra luna, un'altra Valentina 192
Buon ritorno a casa, ragazzi! 196

I LIBRI
DI VALENTINA

V come Valentina
La vita quotidiana di Valentina:
la sua amica del cuore e il
ragazzo che le piace, una gatta
randagia da salvare e una maestra
che insegna filastrocche inglesi...
e la scoperta di Internet!

**Un amico Internet
per Valentina**
Sulla rete Valentina trova un
nuovo amico, Jack. Ma c'è anche
un altro ragazzo con cui fa
amicizia: Tazio! Poi una cometa
misteriosa solcherà il cielo...

**In viaggio
con Valentina**
Valentina parte per la
Cornovaglia! Quante storie e
leggende, incontri e nuovi amici
in questa avventura ambientata
in un paese misterioso...

A scuola con Valentina
Una classe speciale, un maestro
speciale che racconta storie
meravigliose e difende sempre i
suoi alunni. Nella classe di
Valentina non ci si annoia mai!

Un mistero per Valentina
Valentina passa una settimana
fantastica a Zurigo con i
compagni di classe e il maestro.
Ma quanti misteri! Lettere
anonime, commissari, rapimenti e
riscatti... avventure mozzafiato!

La cugina di Valentina
La vita di Valentina si svolge
tranquilla: la classe, gli amici,
il maestro... poi però sua madre
perde la memoria e tutto cambia.
Ma con coraggio e amore in
famiglia tornerà la serenità.

Altri titoli di Valentina pubblicati nel Battello a Vapore:
Serie Arancio
Le fatiche di Valentina
Non arrenderti, Valentina!
Cosa sogni, Valentina?
Serie Rossa
Ciao, Valentina!

L'AUTORE

Angelo Petrosino

Care lettrici e cari lettori, ho pensato di parlarvi di me perché mi chiedete sempre di farlo quando vi incontro nelle scuole o nelle biblioteche. Sono sempre stato un bambino vivace e curioso. Non stavo mai in casa e mi arrampicavo sugli alberi, per guardare il mondo dall'alto. Era facile, perché abitavo in campagna. Poi un giorno ho lasciato il mio paese perché mio padre aveva trovato lavoro in Francia. Avevo dieci anni. Ho vissuto esperienze indimenticabili prima in Auvergne poi a Parigi. Tornato in Italia, ho dovuto imparare di nuovo l'italiano. Per questo oggi la lingua italiana è per me il patrimonio più prezioso: di ogni parola amo il suono, il significato, le immagini che evoca. Non pensavo che un giorno mi sarei trovato a insegnarla. All'inizio infatti ho studiato da perito chimico. Poi un giorno mi sono affacciato a un'aula di scuola elementare. Ero imbarazzato. «Come ci si comporta con i bambini?» mi sono chiesto. Poi ho ricordato che i momenti più belli della mia infanzia erano quando mio nonno mi raccontava storie. Così ho cominciato a leggere ai miei alunni. Da allora sono diventato "il maestro che racconta storie". Ma ho sempre ascoltato le storie, i desideri, i sogni dei bambini. Quante cose ho imparato! Poi ho iniziato a scrivere libri in cui i protagonisti erano proprio loro. Così è nato il personaggio di Valentina, curiosa, irrequieta, intelligente, capace di ascoltare le sue emozioni e con una gran voglia di vivere.

A proposito, mi piacerebbe sapere cosa ne pensate dei miei libri. Scrivetemi qui:

www.angelopetrosino.it

Prometto una risposta veloce e personale a tutti!

IL BATTELLO A VAPORE

**Serie I Pirati
a partire dai 3 anni**

1. *José Luis Cortés/Avi*, Un culetto indipendente
2. *Hiawyn Oram / Tony Ross*, La principessa numero due
3. *Zoë / Tony Ross*, Viva la scuola!
4. *Gus Clarke*, Troppi orsacchiotti
5. *Tony Ross*, Towser e l'uovo del mostro
6. *Jeanne Willis / Susan Varley*, Una tempesta mostruosa
7. *Laura J. Numeroff / Felicia Bond*, Se dai un biscotto a un topo...
8. *Jeanne Willis / Tony Ross*, Voglio un bambino in regalo
9. *Jeanne Willis / Mary Rees*, Che cosa farai da grande?
10. *Michael Foreman*, Sorpresa, sorpresa!
11. *Sue Denim / Dav Pilkey*, I coniglietti Tontoloni
12. *Peggy Rathmann*, Buonanotte, gorilla!
13. *Frank Schulte*, Super MiniMax
14. *Sue Denim / Dav Pilkey*, I coniglietti Tontoloni allo zoo
15. *Tony Ross*, Stupido più stupida
16. *Max Welthuijs*, Il porcellino laborioso
17. *Joyce Dunbar / Susan Varley*, La sorpresa di primavera
18. *Peggy Rathmann*, Dieci minuti e vai a letto!
19. *Leopé*, Dieci piccoli briganti
20. *Sue Denim / Dav Pilkey*, Largo ai Tontoloni!
21. *Heather Eyles / Tony Ross*, Polly e i mostri
22. *Hiawyn Oram / Frédéric Joos*, Con un bacino ti passa
23. *Barbro Lindgren / Eva Eriksson*, La piccola peste
24. *Laura Numeroff / Felicia Bond*, Se dai una frittella a Stella
25. *Jules Feiffer*, Abbaia, George
26. *N.M. Bodecker / Erik Blegvad*, Presto, presto, Nina cara
27. *Lindsay Camp / Tony Ross*, Perché?
28. *Joyce Dunbar / Susan Varley*, Ciondolo
29. *Mira Lobe / Chiara Rapaccini*, Creiamo il mondo
30. *Emanuela Nava / Desideria Guicciardini*, Mamma nastrino - Papà Luna

IL BATTELLO A VAPORE

**Serie bianca
primi lettori**

1. *Otfried Preussler*, Agostina la pagliaccia
2. *Eveline Hasler*, Il maialino Lolo
3. *Christine Nöstlinger*, Anna è furiosa
4. *Maria Vago*, Matilde vuole cantare
5. *Joles Sennell*, La rosa di san Giorgio
6. *Gloria Cecilia Díaz*, La strega della montagna
7. *Mira Lobe*, Il fantasma del castello
8. *Attilio Locatelli*, Gastone ha paura dell'acqua
9. *Antón Cortizas*, La matita di Rosalia
10. *Maria Vago*, La casa dei mostri
11. *Simone Frasca*, Bruno lo zozzo
12. *Carmen Vázquez-Vigo*, La forza della gazzella
13. *Anna Lavatelli*, Il cannone *Bum!*
14. *Xosé Cermeño*, Neve e poi neve e poi neve
15. *Guido Quarzo*, Ranocchi a merenda
16. *Mira Lobe*, Il piccolo Abracadabra
17. *Graciela Montes*, Valentino somiglia a...
18. *Bernhard Lassahn*, Il pirata Barbagrossa e il calzino puzzolente
19. *Simone Frasca*, Renato e la TV dei pirati
20. *Jonathan Allen*, La Scuola dei Lupi Cattivi
21. *Bernhard Lassahn*, Hanno rubato la barba a Barbagrossa!
22. *Martin Auer*, Una principessa insopportabile
23. *Manfred Mai*, Solo per un giorno
24. *Simone Frasca*, Bruno lo zozzo e la dieta mostruosa
25. *Colin West*, La maialina dalle orecchie ballerine
26. *Erhard Dietl*, Se io fossi una tigre
27. *Anna Lavatelli*, Alex non ha paura di niente
28. *Colin West*, Un orsetto troppo ordinato
29. *Dav Pilkey*, Un amico per Dragone
30. *Hiawyn Oram*, Il rapimento della principessa Camomilla
31. *Rafael Estrada*, Il re Solosoletto
32. *Janosch*, Posta per la Tigre!
33. *Dav Pilkey*, Dragone trova un gatto
34. *Ludwig Bemelmans*, Madeline

IL BATTELLO A VAPORE

35. *Cecco Mariniello*, Jacopo e l'Abominevole Selvatico
36. *Janosch*, Il tesoro più bello
37. *Simone Frasca*, Ma dov'è il Carnevale?
38. *Claudio Muñoz*, Il piccolo capitano
39. *Colin West*, La giungla della nonna

Serie bianca ORO

1. *Christine Nöstlinger*, Guarda che viene l'Uomo Nero!
2. *Lindsay Camp*, La festa magica di mezzanotte
3. *Cecco Mariniello*, Il cane che ebbe tre nomi
4. *Janosch*, Oh, com'è bella Panama!
5. *Jake Wolf*, Papà, posso avere un elefante?
6. *Katherine Paterson*, Il più bel regalo di Marco
7. *Roberto Piumini*, Le ombre cinesi
8. *Kay Thompson*, Eloise
9. *Dav Pilkey*, Buon Natale, Dragone!

Serie azzurra a partire dai 7 anni

1. Christine Nöstlinger, *Cara Susi, caro Paul*
2. Fernando Lalana, *Il segreto del parco incantato*
3. Roberta Grazzani, *NonnoTano*
4. Russell E. Erickson, *Il detective Warton*
5. Ursel Scheffler, *Inkiostrik, il mostro dell'inchiostro*
6. Christine Nöstlinger, *Storie del piccolo Franz*
7. Ursula Wölfel, *Augh, Stella Cadente!*
8. María Puncel, *Un folletto a righe*
9. Mira Lobe, *Ingo e Drago*
10. Klaus-Peter Wolf, *Lili e lo sceriffo*
11. Derek Sampson, *Brontolone e il mammut peloso*
12. Christine Nöstlinger, *Un gatto non è un cuscino*
13. David A. Adler, *Il mistero della casa stregata*
14. Mira Lobe, *La nonna sul melo*
15. Paul Fournel, *Supergatto*
16. Guido Quarzo, *Chi trova un pirata trova un tesoro*
17. Hans Jürgen Press, *Le avventure della Mano Nera*

IL BATTELLO A VAPORE

18. Irina Korschunow,
    Il drago di Piero
19. Renate Welsh,
    Con Hannibal sarebbe un'altra cosa
20. Christine Nöstlinger,
    Cara nonna, la tua Susi
21. Ursel Scheffler,
    Inkiostrik, il mostro delle tasche nauseabonde
22. Sebastiano Ruiz Mignone,
    Guidone Mangiaterra e gli Sporcaccioni
23. Mirjam Pressler, *Caterina e... tutto il resto*
24. Consuelo Armijo,
    I Batauti
25. Derek Bernardson,
    Un'avventura rattastica
26. Ursel Scheffler,
    Inkiostrik, il mostro dello zainetto
27. Terry Deary, *L'anello magico e la Fabbrica degli Scherzi*
28. Hazel Townson,
    La grande festa di Victor il solitario
29. Toby Forward,
    Il settimanale fantasma
30. Jo Pestum,
    Jonas, il Vendicatore
31. Ulf Stark, *Sai fischiare, Johanna?*
32. Dav Pilkey, *Le mitiche avventure di Capitan Mutanda*
33. Francesca Simon, *Non mangiate Cenerentola!*
34. Ursel Scheffler,
    Inkiostrik, il mostro del circo
35. Russell E. Erickson,
    Warton e i topi mercanti
36. Anne Fine, *Cane o pizza?*
37. Jeremy Strong, *C'è un faraone nel mio bagno!*
38. Ursel Scheffler,
    Inkiostrik, il mostro dei pirati
39. Friedrich Scheck,
    Il mistero dell'armatura scomparsa
40. Sjoerd Kuyper,
    Il coltellino di Tim
41. Ulf Stark, *Il Club dei Cuori Solitari*
42. Sebastiano Ruiz Mignone, *La guerra degli Sporcaccioni*
43. Maria Carla Pittaluga,
    Il piccolo robot
44. Jacqueline Wilson,
    Scalata in discesa
45. Rindert Kromhout,
    Peppino
46. Ursel Scheffler,
    Inkiostrik, il mostro del Luna Park
47. Anna Vivarelli, *Mimì, che nome è?*
48. Dav Pilkey,
    Capitan Mutanda contro i Gabinetti Parlanti
49. Dav Pilkey,
    Capitan Mutanda contro i malefici zombi babbei

IL BATTELLO A VAPORE

Serie azzurra ORO

1. Paula Danziger, *Ambra Chiaro non è un colore*
2. Barbara Robinson, *La più mirabolante recita di Natale*
3. Anne Fine, *Teo vestito di rosa*
4. Paula Danziger, *Punti Rossi su Ambra Chiaro*
5. Bernardo Atxaga, *Shola e i leoni*
6. Paula Danziger, *Ambra Chiaro va in quarta*
7. Ondrej Sekora, *Le avventure di Ferdi la formica*

Serie arancio
a partire dai 9 anni

1. Mino Milani, *Guglielmo e la moneta d'oro*
2. Christine Nöstlinger, *Diario segreto di Susi. Diario segreto di Paul*
3. Mira Lobe, *Il naso di Moritz*
4. Juan Muñoz Martín, *Fra Pierino e il suo ciuchino*
5. Eric Wilson, *Assassinio sul "Canadian-Express"*
6. Eveline Hasler, *Un sacco di nulla*
7. Hubert Monteilhet, *Di professione fantasma*
8. Carlo Collodi, *Pipì, lo scimmiottino color di rosa*
9. Alfredo Gómez Cerdá, *Apparve alla mia finestra*
10. Maria Gripe, *Ugo e Carolina*
11. Klaus-Peter Wolf, *Stefano e i dinosauri*
12. Ursula Moray Williams, *Spid, il ragno ballerino*
13. Anna Lavatelli, *Paola non è matta*
14. Terry Wardle, *Il problema più difficile del mondo*
15. Gemma Lienas, *La mia famiglia e l'angelo*
16. Angelo Petrosino, *Le fatiche di Valentina*

IL BATTELLO A VAPORE

17. Jerome Fletcher, *La voce perduta di Alfreda*
18. Ken Whitmore, *Salta!!*
19. Dino Ticli, *Sette giorni a Piro Piro*
20. Ulf Stark, *Quando si ruppe la lavatrice*
21. Peter Härtling, *Che fine ha fatto Grigo?*
22. Roger Collinson, *Willy e il budino di semolino*
23. Hazel Townson, *Lettere da Montemorte*
24. Chiara Rapaccini, *La vendetta di Debbora (con due "b")*
25. Christine Nöstlinger, *La vera Susi*
26. Niklas Rådström, *Robert e l'uomo invisibile*
27. Angelo Petrosino, *Non arrenderti, Valentina!*
28. Roger Collinson, *Willy acchiappafantasmi e gli extraterrestri*
29. Sebastiano Ruiz Mignone, *Il ritorno del marchese di Carabas*
30. Phyllis R. Naylor, *Qualunque cosa per salvare un cane*
31. Ulf Stark, *Le scarpe magiche di Percy*
32. Ulf Stark, *Ulf, Percy e lo sceicco miliardario*
33. Anna Lavatelli, *Tutti per una*
34. G. Quarzo - A. Vivarelli, *La coda degli autosauri*, Premio "Il Battello a Vapore" 1996
35. Renato Giovannoli, *Il mistero dell'Isola del Drago*
36. Roy Apps, *L'estate segreta di Daniel Lyons*
37. Gail Gauthier, *La mia vita tra gli alieni*
38. Roger Collinson, *Zainetto con diamanti cercasi*
39. Angelo Petrosino, *Cosa sogni, Valentina?*
40. Sally Warner, *Anni di cane*
41. Martha Freeman, *La mia mamma è una bomba!*
42. Carol Hughes, *Jack Black e la nave dei ladri*
43. Peter Härtling, *Con Clara siamo in sei*
44. Galila Ron-Feder, *Caro Me Stesso*
45. Monika Feth, *Ra-gazza ladra*
46. Dietlof Reiche, *Freddy. Vita avventurosa di un criceto*
47. Kathleen Karr, *La lunga marcia dei tacchini*
48. Alan Temperley, *Harry e la banda delle decrepite*
49. Simone Klages, *Il mio amico Emil*
50. Renato Giovannoli, *Quando eravamo cavalieri della Tavola Rotonda*

IL BATTELLO A VAPORE

51. Louis Sachar,
    Buchi nel deserto
52. Luigi Garlando,
    La vita è una bomba!,
    Premio "Il Battello a
    Vapore" 2000

Serie arancio ORO

1. Renato Giovannoli,
   I predoni del Santo Graal,
   Premio "Il Battello a
   Vapore" 1995
2. Roger Collinson,
   Rapite Lavinia!
3. Peter Härtling,
   La mia nonna
4. Gary Paulsen,
   *La mia indimenticabile
   estate con Harris*
5. Katherine Paterson,
   Un ponte per Terabithia
6. Henrietta Branford,
   *Un cane al tempo degli
   uomini liberi*
7. Sjoerd Kuyper,
   Robin e Dio
8. Louis Sachar,
   Buchi nel deserto
9. Henrietta Branford,
   Libertà per Lupo Bianco

Serie rossa
a partire dai 12 anni

1. Jan Terlouw, *Piotr*
2. Peter Dickinson,
   Il gigante di neve
3. Asun Balzola, *Il giubbotto
   di Indiana Jones*
4. Hannelore Valencak,
   *Il tesoro del vecchio
   mulino*
5. Tormod Haugen,
   *In attesa della prossima
   estate*
6. Miguel Ángel Mendo,
   Per un maledetto spot
7. Mira Lobe,
   La fidanzata del brigante
8. Lars Saabye Christensen,
   Herman
9. Bernardo Atxaga,
   Memorie di una mucca
10. Jan Terlouw,
    La lettera in codice
11. Mino Milani,
    L'ultimo lupo, Premio
    "Il Battello a Vapore"
    1993
12. Miguel Ángel Mendo,
    Un museo sinistro
13. Christine Nöstlinger,
    Scambio con l'inglese
14. Joan Manuel Gisbert,
    Il talismano dell'Adriatico
15. Maria Gripe, *Il mistero
    di Agnes Cecilia*
16. Aquilino Salvadore,
    *Il fantasma dell'isola
    di casa*, Premio
    "Il Battello a Vapore" 1994

IL BATTELLO A VAPORE

17. Christine Nöstlinger,
    Furto a scuola
18. Loredana Frescura,
    Il segreto di Icaro
19. José Antonio del Cañizo,
    Muori, canaglia!
20. Emili Teixidor,
    Il delitto dell'Ipotenusa
21. Katherine Paterson,
    *La grande Gilly
    Hopkins*
22. Miguel Ángel Mendo,
    I morti stiano zitti!
23. Ghazi Abdel-Qadir,
    *Mustafà nel paese
    delle meraviglie*
24. Robbie Branscum,
    *Il truce assassinio
    del cane di Bates*
25. Karen Cushman,
    *L'arduo apprendistato
    di Alice lo Scarafaggio*
26. Joan Manuel Gisbert,
    *Il mistero della donna
    meccanica*
27. Katherine Paterson,
    Banditi e marionette
28. Dennis Covington,
    Lucius Lucertola
29. Renate Welsh,
    La casa tra gli alberi
30. Berlie Doherty,
    *Le due vite di James
    il tuffatore*
31. Anne Fine,
    Complotto in famiglia
32. Ferdinando Albertazzi,
    Doppio sgarro
33. Robert Cormier,
    Ma liberaci dal male
34. Nicola Cinquetti,
    La mano nel cappello
35. Janice Marriott,
    Lettere segrete a Lesley
36. Michael Dorris,
    Vede oltre gli alberi
37. Robert Cormier, *Darcy,
    una storia di amicizia*
38. Gary Paulsen,
    La tenda dell'abominio
39. Peter Härtling,
    Porta senza casa
40. Angelo Petrosino,
    Ciao, Valentina!
41. Janice Marriott,
    Fuga di cervelli
42. Susan Gates,
    Lupo non perdona
43. Mario Sala Gallini,
    Tutta colpa delle nuvole
44. Alan Temperley,
    *All'ombra del Pappagallo
    Nero*
45. Nigel Hinton, *Buddy*
46. Nina Bawden,
    L'anno del maialino
47. Christian Jacq,
    *Il ragazzo che sfidò
    Ramses il Grande*

IL BATTELLO A VAPORE

Serie rossa ORO

1. Katherine Paterson, *Il segno del crisantemo*
2. Susan E. Hinton, *Il giovane Tex*
3. Susan E. Hinton, *Ribelli*
4. Christian Jacq, *Il ragazzo che sfidò Ramses il Grande*
5. Paolo Lanzotti, *Le parole magiche di Kengi il Pensieroso*, Premio "Il Battello a Vapore" 1997
6. Pierdomenico Baccalario, *La strada del guerriero*, Premio "Il Battello a Vapore" 1998
7. Alberto Melis, *Il segreto dello scrigno*, Premio "Il Battello a Vapore" 1999

Banda nera
a partire dai 10 anni

1. *André Marx*, Il mistero della spada incandescente
2. *Didier Convard*, I tre delitti di Anubi
3. *Bruce Balan*, Un virus letale
4. *André Minninger*, Voci dal nulla
5. *Allan Rune Pettersson*, Zia Frankenstein
6. *Bruce Balan*, Terroristi nel cyberspazio
7. *André Marx*, Sulle tracce di un fantasma
8. *Bruce Balan*, Tutto per una foto
9. *Paola Dalmasso*, www.mistericinesi.com
10. *Colombo&Simioni* Il fantasma di Robespierre

Fuori collana banda nera
Philippe Delerm, La maledizione del museo
Philippe Delerm, Il fantasma dell'abbazia

IL BATTELLO A VAPORE

**Banda rosa
a partire dai 13 anni**

1. *Renate Welsh*, Laura davanti allo specchio
2. *Katherine Paterson*, Ma Lyddie non sarà schiava
3. *Dagmar Chidolue*, Un amore per Kathi
4. *Viveca Lärn Sundvall*, Datteri e dromedari per Tekla e Ulle
5. *Karen Cushman*, La ballata di Lucy Whipple
6. *Arnulf Zitelmann*, La tredicesima luna di Qila
7. *Guy Dessureault*, Lettera dalla Cina
8. *Marjaleena Lembcke*, L'estate in cui tutti si innamorarono
9. *Christian Bieniek*, Che cotta, Svenja!
10. *Adele Griffin*, La ragazza che sognava i fantasmi

**Banda ridere
dai 7 agli 11 anni**

1. Justin D'Ath, *Cacca verde e pecore marziane*
2. Jeremy Strong, *Fermate quel caneee!!!*
3. Kim Caraher, *Scarafaggi e altre schifezzerie*
4. Christine Nöstlinger, *L'hai fatta grossa, Belzebik!*
5. Dino Ticli, *Voglio un cane!*
6. Scoular Anderson, *L'orrida, tremenda, irripetibile verità sulla scuola*

IL BATTELLO A VAPORE

**La Magica Casa sull'Albero
dai 6 ai 9 anni**

1. Mary Pope Osborne, *Dinosauri prima del buio*
2. Mary Pope Osborne, *Un cavaliere prima dell'alba*
3. Mary Pope Osborne, *Una mattina fra mummie, faraoni e piramidi*
4. Mary Pope Osborne, *Un giorno con i pirati*
5. Mary Pope Osborne, *La notte dei ninja*
6. Mary Pope Osborne, *Un pomeriggio sul Rio delle Amazzoni*
7. Mary Pope Osborne, *Tramonto con la tigre dai denti a sciabola*
8. Mary Pope Osborne, *Mezzanotte sulla Luna*

**Valentina
a partire dai 9 anni**

1. Angelo Petrosino, *V come Valentina*
2. Angelo Petrosino, *Un amico Internet per Valentina*
3. Angelo Petrosino, *In viaggio con Valentina*
4. Angelo Petrosino, *A scuola con Valentina*
5. Angelo Petrosino, *Un mistero per Valentina*
6. Angelo Petrosino, *La cugina di Valentina*

IL BATTELLO A VAPORE

Storie da ridere
dai 7 ai 13 anni

1. Geronimo Stilton, *Il misterioso manoscritto di Nostratopus*
2. Geronimo Stilton, *Un camper color formaggio*
3. Geronimo Stilton, *Giù le zampe, faccia di fontina!*
4. Geronimo Stilton, *Il mistero del tesoro scomparso*
5. Geronimo Stilton, *Il fantasma del metrò*
6. Geronimo Stilton, *Quattro topi nella giungla nera*
7. Geronimo Stilton, *Il mistero dell'occhio di smeraldo*
8. Geronimo Stilton, *Una granita di mosche per il conte*
9. Geronimo Stilton, *Il sorriso di Monna Topisa*
10. Geronimo Stilton, *Il galeone dei Gatti Pirati*
11. Geronimo Stilton, *Tutta colpa di un caffè con panna*
12. Geronimo Stilton, *Il mio nome è Stilton, Geronimo Stilton*
13. Geronimo Stilton, *Un assurdo week-end per Geronimo*
14. Geronimo Stilton, *Benvenuti a Rocca Taccagna*
15. Geronimo Stilton, *L'amore è come il formaggio...*
16. Geronimo Stilton, *Il castello di Zampaciccia Zanzamiao*
17. Geronimo Stilton, *L'hai voluta la vacanza, Stilton?*
18. Geronimo Stilton, *Ci tengo alla pelliccia, io!*

Top Seller
dai 7 ai 13 anni

Geronimo Stilton
È Natale, Stilton!

I Supermanuali
dai 7 ai 13 anni

Geronimo Stilton, *Il mio primo manuale di Internet*
Geronimo Stilton, *Il grande libro delle barzellette*
Geronimo Stilton, *Il mio primo dizionario di Inglese*